「私はエリーよ。エリー・クランプ。
ルメオン公国からタイセイ王国まで
一人旅を楽しんでいるところ」
「よろし
……エリ
いかしら？」
「……え
あなたのほうが
身分は上だもの」
国王から隣国公女の
お目付け役を頼まれたオパール。
まずは性格を知るため、
お目付け役の任務を明かさずに
接近したが……
前途多難の予感!?
屋根裏部屋の公爵夫人④
Presented by もり
Illust. 甘塩コメコ
キャラクター原案: アオイ冬子

自らの資産力と地位、
評判をすべて利用し、
任務遂行のため
動きだす――!!
「よし！
考えていても
仕方ないし、動くわ」
「何をなさるんですか？」
「若い男性を
誘惑するのよ」

ヒューバート・マクラウド

幼い頃に両親を亡くし、甘やかされながら育ったため、オパールと結婚した当初は領地経営も上手くいかず、多額の負債を抱えていた。オパールに公爵領を奪われてからは心を入れ替え熱心に勉学に励み、今やソシーユ王国内でもかなり有能な貴族となっている。

アレッサンドロ

タイセイ王国の現国王。内乱中、自身が国王になる手助けをしてくれたクロードを重用している。

ジュリアン・ホロウェイ

オパールの兄で、クロードとも幼馴染。自由気ままに各地を飛び回り、様々な事件解決に一役買っている。

ナージャ

もとはホロウェイ伯爵領に仕える侍女だったが、オパールがタイセイ王国に渡る際に、オパールの専属侍女となる。素直で明るい。

Story

16歳の社交デビューで醜聞が広まってしまい、
まともな結婚をあきらめていたオパールだったが、
マクラウド公爵と政略結婚をさせられてしまう。
嫁ぎ先の者たちから不当な扱いを受けながらも、
彼女はそれを撥ねのけ、荒れ果てた公爵領を
奪い取り、立て直しのために動き出すのだった。

一方、公爵領をオパールから買い戻すため
経営を学び直したヒューバートは、
ソシーユ王国の未開発地――
マンテストに多額の投資をする。
当初は無謀な投資と思われたが、
タイセイ王国の有力貴族・ルーセル侯爵が
土地開発に助力したおかげで、
多くの富を築くことに成功した。

公爵領を返却すると同時に、
オパールはヒューバートと離縁。
その後、マンテスト開発に助力してくれた
ルーセル侯爵の正体が、オパールの幼馴染みであり、
ずっと恋心を抱いていたクロードだと知らされる。
その後、両思いだった2人は結ばれ、
共にタイセイ王国に渡った。

タイセイ王国でボッツェリ公爵の位に
陞爵したクロードを陥れようとする反抗勢力によって、
一時オパールとナージャは危険に晒されてしまう。
しかし、クロードとオパールの兄・ジュリアンの
助けもあり、無事に反抗勢力を
捕らえることに成功したのだった。

イラスト：アオイ冬子

Presented by もり

Illust. 甘塩コメコ

キャラクター原案: アオイ冬子

The duchess in the attic

キャラクター原案
アオイ冬子

口絵・本文イラスト
甘塩コメコ

装丁
AFTERGLOW

The duchess in the attic

contents

0　屋根裏部屋の公爵夫人

ソシーユ王国でのヒューバートとロアナの結婚式に出席後、ようやくルーセル侯爵領で落ち着いた頃。

オパールが硬い板張りの床に直に座って古い鞄(かばん)の中身を取り出していたとき、よく知った足音が近づいてきた。

「――オパール？」

「ここよ、クロード」

名前を呼ぶクロードに居場所を知らせるため、オパールは大きな声で答えた。

すると、わずかな間の後、部屋の扉が開く。

「オパール、この屋敷でも屋根裏部屋にいるなんて、本当に好きだな」

「秘密基地みたいだもの。それにほら見て。可愛いでしょう？」

頭をわずかに屈めて部屋に入ってきたクロードに、オパールは持っていた人形を見せた。

古い鞄の中には子ども用と思われる玩具(おもちゃ)などの道具がたくさん入っている。

その中の一つに人形があったのだ。

「可愛い……のか？　古くてなんだか怖くないか？」

「ええ？　どこが怖いの？　少し汚れてはいるけれど、お顔は拭いてあげれば綺麗になるはずだし、お洋服だって丁寧に洗えば問題ないわよ。ねえ？」

オパールはクロードの感想に唇を尖らせた。

それからすぐに人形を撫でながら、優しく語りかける。——人形に。

クロードは自分の失言を悔やみつつも、昔のことを思い出してふっと笑った。

「何かおかしいかしら？」

「いや、昔も……子どもの頃もオパールはよくそうやって人形に話しかけていたなって思い出したんだ」

「そしてそれをジュリアンによくからかわれたわ。人形はしゃべらないんだから、お前は独り言を言っているって」

「ああ、それもケンカの理由の一つだったな」

オパールの二歳上の兄であるジュリアンとはよくケンカしていた。

その理由の一つが、オパールのお人形遊びである。

ジュリアンに大切な友人である人形を奪われたときには、クロードがいつも取り返してくれていたのだ。

オパールが懐かしくもジュリアンには腹が立ってきて複雑な心境になっていると、クロードが人形を手に取った。

「悪かったよ。後でこの人形を綺麗にしてみよう。ひょっとして、母さんのものだったかもしれないしな」

「そうね。ありがとう、クロード」

「礼はいらないよ。荷物の整理をしてくれてたんだろう？」

「整理というか、ここに子ども用の玩具が仕舞ってあると聞いたから、リュドに使えるものがあるんじゃないかって、見にきたの。ほら、この木馬なんて、磨けば使えるようになると思うわ」

「リュドにはまだ早くないか？」

「支えてあげれば大丈夫よ」

「そうか……」

クロードはしんみりと答え、傍にあった木馬を揺らした。

木馬はきいきいと音を立てて前後に揺れる。

このルーセル侯爵領の領館に長年勤める家政婦から、屋根裏部屋に子ども用の道具が仕舞ってあると聞いたのは午前のことだった。

そこでさっそくリュドのお昼寝中に、子ども用の玩具を見てみようとやってきたのだ。

オパールとクロードの一人息子であるリュド——リュドリックが生まれて一年あまり。最近ようやくオパールも子育てのペースをつかめてきたところだった。

「ところで、クロードは仕事中じゃなかったの？」

「ああ、それなんだが……」

オパールはまだゆっくり揺れる木馬を見つめながら、クロードに問いかけた。

朝が弱いクロードは午後に仕事をするのだが、オパールよりも仕事量が膨大で毎日夕食時までかかる。

時には夕食後も書斎に籠もってしまい、オパールが手伝うこともあった。

そんなクロードがお茶の時間よりも早くオパールの許へやって来たのなら何かあったのだろうとの予想は正解だったらしい。

クロードは深いため息を吐いて続けた。

「陛下がお呼びだ」

「でも今は休暇中よ？　マクラウド公爵とロアナさんの結婚式から帰ってきてようやく落ち着いたばかりなのに、今度は何をさせる気なの？」

「いや、それが……陛下はオパールもお呼びなんだ」

「私も？　クロードと一緒に？」

今までもアレッサンドロ国王に呼び出されたことはあるが、それはリュドを妊娠していることがわかるまでだった。

いったい今度はどんな厄介事だろうと、オパールは眉を寄せた。

「俺一人で行ってくるよ」

「クロード……」

「絶対にまた陛下は面倒くさいことをおっしゃるに決まってる。オパールはお人好しが過ぎるから断れないだろう？」

「それはあなたもじゃない」

クロードがアレッサンドロからどれだけの無理難題を押しつけられてきたか知っているオパールは笑った。

それから真剣な表情になって、首を横に振る。

「王宮なら朝早く出れば日帰りできるもの。一緒に行くわ。リュドはあまり連れ回したくないから、お留守番ね」

「しかし……」

「大丈夫よ。私だって、陛下にも慣れてきたんだから」

ためらうクロードに笑って大丈夫だと伝え、オパールは取り出した玩具たちを鞄に戻し始めた。

屋根裏部屋の整理は一旦(いったん)中止である。

「陛下に承諾の手紙を書かないと……手紙で来たのよね？」

召喚状というには大げさだろうが、国王からの呼び出しは手紙で来たものだと思っていた。

だが、それならその手紙をクロードは直接見せてくれるはずである。

「もしかして、使者なの？　それなら、こんなところでのんびりしていないで、歓待しないと！」

国王が使者を立てたなら、召喚状どころではない。

来訪者に気づかなかった自分を詰(なじ)りながら、急ぎ立ち上がろうとしたオパールを、クロードが引き止める。

「クロード？」

「使者はもう帰ったよ」

「帰った？　もう？」

「逃げるようにね」

「逃げる？」

わけがわからず繰り返して問いかけるオパールに、クロードが渋い顔をして頷く。

「明日の正午、王宮に来られたし。とだけね。言い逃げだよ。返事をする暇もなかった」

「……その使者の方はすごいわね。いくら私が屋根裏部屋にいたとはいえ、来訪者の気配にまったく気づかなかったんだもの」

「彼はそういうのが得意なんだよ」

「知っている方？」

「まあね。そのうち紹介できればするよ」

「ありがとう」

クロードははっきり言わなかったが、おそらくその使者は隠密行動を得意とするのだろう。

アレッサンドロが反対勢力を抑えてここまで確固たる権力を得ることができたのは、表立って活躍したクロードたち以外の臣下の力も大きい。

昨年のバポット侯爵たちの反乱計画を事前に潰すことができたのもその者たちがいたおかげでもある。

また彼らはジュリアンと一緒に、オパールを陰から守ってくれていたらしい。

「とにかく、明日の正午ね。急ではあるけれど、日帰りできる時間にしてくださったんだわ」

「こんな無茶な呼び出しなんだ。きっとろくでもない用だと思うぞ?」

「行くだけ行ってみましょう」

「すまない」

「クロードが謝る必要はないわよ。さあ、とりあえずお茶にしましょう。明日出かけるってナージャにも伝えないと」

「そうだな」

オパールは気持ちを切り替えて微笑んだ。

わざわざオパールまで呼び出すなど、どんな話なのか気になるのも事実だった。

そんなオパールの心情を理解して、クロードも苦笑する。

オパールは人形をそっと抱きかかえ、先に立ったクロードの手を借りて立ち上がった。

そのまま手を繋(つな)いで屋根裏部屋を出ると、階下へと下りていった。

1 依頼

前日にいきなり呼び出されたオパールとクロードは、王宮内のアレッサンドロの個人的な居室に通された。

そこでアレッサンドロの向かいに座り、用件を聞く。

アレッサンドロは肘掛(ひじか)けに体を預け、足を組んだまま。

「——お断りいたします」

はっきり言い切ったオパールに、アレッサンドロは不満げに片眉を上げた。

「私の頼みを断るというのか？」

とても頼み事をしている態度ではないが、それは今さらなので気にしない。

アレッサンドロの居室でということは、あくまでもこれは個人的な頼みなのだ。

オパールはまっすぐアレッサンドロの目を見て頷いた。

「ルメオン公国の公女殿下のお目付け役など、私には荷が重すぎます。もっと他に適任の方がいらっしゃるでしょう」

「おらぬからそなたに頼んでおるのだ。早くに母を亡くし、その後父も亡くし、一人娘として甘やかされて育ったせいか、我が儘(わがまま)で手を焼いているらしい。二十歳の誕生日を前に、我が国へ遊びに来たいというのだが、そのためには付き添いが必要だ。公国までそなたが迎えに行ってくれれば、公女のことをより知ることができるだろう」

ソシーユ王国の隣に位置するルメオン公国は豊富な地下資源があり、小国ながら栄えている。

だが近年、その資源を狙って周辺国が属国にしようとする動きもあった。

アレッサンドロの亡くなった妻は先代大公の妹で公女は姪(めい)にあたるのだ。

「私にはまだ一歳になったばかりのリュドがいます。お目付け役として、社交をこなすのは無理です」

「……では、ルメオン公国へはクロード一人で行ってくれ」

アレッサンドロはいきなりクロードに話を振った。

今まで黙って二人のやり取りを聞いていたクロードは、驚くことなく冷静に問い返す。

「私が？　なぜです？」

「まだ公にはされていないが、ルメオン公国で新たな鉱床が見つかった。どれくらいの規模か調査する必要もあるが、今までの鉱床――鉱山からはかなり離れた位置にあるゆえ、新たな鉄道を敷くことになるだろう」

「鉄道はともかく、鉱山の採掘権はまだ公国が手放すことはないでしょう？　私が赴く必要がありますか？」

「さっさと動かぬと、鉄道事業も他国に先んじられるぞ。二人で行ってくればよいではないか」

どうやらオパールを公女のお目付け役にするために、クロードにまで仕事を命じようとしているらしい。

オパールは苛立ちながらも、冷静に考えた。

ルメオン公国の地下資源については、採掘権のすべてが国有である。

ただし、今のままでは周辺国のどこかがしびれを切らし、強引に手に入れようとする可能性があった。

そうなっては戦争に発展してしまう。

だからといって、縁故関係を理由にタイセイ王国がルメオン公国に援助するのも他国を警戒させるだけだろう。

「二人でって、リュドは……息子は先日、マクラウドの結婚式でソシーユ王国に行ったばかりです。これ以上、連れ回したくありません」

「なら、置いていけばよいではないか」

クロードが幼いリュドのことを訴えると、アレッサンドロはあっさり答えた。

むしろ、なぜ子どものことが問題になるのかと言わんばかりの態度である。

オパールとクロードはリュドのことを最優先にしたいのだが、その考え方はアレッサンドロだけでなく、社交界でもまだあまり受け入れられないのだろう。

「ああ、それと。例の炭鉱だが、近々閉めるぞ」

ついでとばかりにアレッサンドロが告げたのは、ルーセル侯爵領近くにある炭鉱のことだった。

確かに最近は採炭可能な場所が減少し、これ以上の採掘は安全が確保できないのではないかと閉山を検討されていたのだ。

今さら驚く知らせではないが、ルーセル侯爵領に影響があるのは間違いなく、クロードとオパールは対策をすでに講じていた。

アレッサンドロが閉山について今告げるのは、ルメオン公国の新しい鉱山への鉄道事業にどうにかして関われということなのだろう。

ただ、クロードが保有している鉄道会社はボッツェリ公爵領で敷設工事中であり、新たな開発も計画中だった。

そこへさらに他国の鉄道事業に参入するとなると、かなりの挑戦となる。

「――わかりました。私がルメオン公国に参ります」

「オパール？」

「おお、行ってくれるか」

オパールの決断にクロードはその意味を理解して困惑し、アレッサンドロは当然とばかりに頷いた。

そんなアレッサンドロに、オパールは微笑んで続ける。

「ですが、まだ公女殿下のお目付け役を引き受けると決めたわけではありません。公女殿下がどのような方か、新しい鉱山についても判断するために、私一人で参ります」

「そなた一人だと？　クロードはどうするのだ？」

オパールの言葉に、アレッサンドロは椅子から体を起こした。

それからクロードに視線を移して問いかける。

「私はリュドの世話がありますので、留守番ですね」

クロードはあっさり答え、オパールと微笑み合う。

子育てについては、乳母に任せきりにせず、協力し合うと約束したのだ。

アレッサンドロは呆気に取られ、次いで不機嫌そうに深く息を吐いて椅子の背に再びもたれた。

「妻の代わりに公爵が子守りをするなど、聞いたこともない」

「初めてお聞かせすることができて嬉(うれ)しいですね」

「しかも、その妻は私の頼みを引き受けないとは」

「引き受けないとは申しておりません。保留させてほしいのです」

傲岸不遜(ごうがんふそん)な態度でぼやくアレッサンドロに、クロードもオパールも微笑んだまま。

アレッサンドロは圧倒的なカリスマ性を持つが、独善的で傲慢(ごうまん)であり、時に反発を買う。

それでもクロードたちボッツェリ公爵夫妻とバルバ伯爵などの臣下がアレッサンドロに諫言し、アレッサンドロも受け入れるからこそ、この国は未だに君主国家として絶対的な力を持ち、他国に影響を及ぼしているのだ。

「……わかった。オパール一人でルメオン公国に行くことを許そう。だが、公女のお目付け役は引き受けろ」

「まだお答えはできません」

アレッサンドロは譲歩したようにみせたが、まったくしていない。

オパールは内心で笑いながらも、きっぱり答えた。

「相変わらず頑固だな。夫の顔が見てみたいぞ」

「ご遠慮なさらずどうぞ」

アレッサンドロが嫌味を言えば、クロードがにっこり微笑んで言う。

「もうよい。下がれ」

追い払うように手を振り、厳しい口調で言うアレッサンドロだったが、その顔は笑っていた。

オパールとクロードも笑いながらソファから立ち上がったところで、アレッサンドロは本当に今思い出したとばかりに言う。

「クロード、最近のクイン通り周辺について、何か知っているか？」

「さあ、私にはさっぱり」

クロードは何ということもないように答えたが、内心でアレッサンドロの無神経さに苛立っているのがオパールにはわかった。

クイン通りというのは王都にある歓楽街なのだ。

娼館などが立ち並ぶその通りのことを、オパールの――妻の前で訊ねるなどあり得ない。

オパールは苦笑しつつ、クロードとともにアレッサンドロに辞去の挨拶をして部屋を出た。

それからこらえ切れず噴き出す。

「オパール、笑い事じゃないよ」

「陛下の傲慢さはもう生まれつきよね」

わざとらしく嘆くクロードに、オパールがさらに冗談交じりに言う。

すると、クロードはショックを受けたように胸を押さえた。

「それは否定しないけど、不敬罪で捕まるぞ？」

「否定しないのなら、クロードも同罪じゃない」

「じゃあ、もう言うけどさ、妻の前であんなことを質問なさるなんて、無神経が過ぎるよ」

「そうよね。でも陛下のことだから、私がクイン通りに行ったことがあるのをご存じなんじゃないかしら」

「だろうね」

実はオパールもある人物に会いに、密かにクイン通りに出かけたことがある。

そのことを社交界で知られれば、顰蹙（ひんしゅく）を買うどころの騒ぎではないだろう。

それでもかまわず、王宮内の廊下を歩きながら言うオパールに、クロードも気にした様子はない。

「さて、ひとまず旅程を考えないと。クロード、勝手に私が決めたけれど大丈夫？」

「オパールが一人でっていうのには不満がないこともないが、しっかり護衛をつけると約束してくれるなら、俺とリュドは留守番しておくよ」

「ありがとう、クロード」

「大丈夫。リュドと離れるのが寂しいのはわかっているから」

本当はオパールだってルメオン公国に行きたくはない。

ただずっとタイセイ王国のために働いていたクロードをもっと休ませたいという気持ちがあり、またリュドの将来のためにもこれは必要なことだった。

ルメオン公国がいずれかの国に併合されれば、各国のバランスは大きく崩れる。

近年、次々に生まれる発明品に地下資源は必要不可欠なのだ。

アレッサンドロもまた、ルメオン公国の取り込みに動いていることは間違いない。

「クロード、頑張ってくるわね」

「あまり無理しない程度にな」

「ええ、もちろん」

オパールの決意の言葉を理解して、クロードは腰に回した腕に力を込めた。

本当は引き止めたいのに応援してくれるのだ。

その気持ちを無駄にしないよう、オパールは力強く頷（うなず）いた。

2　越境

オパールは――ボッツェリ公爵夫人は、女性実業家としてかなり有名である。

だが、ほとんどの者たちは彼女が優秀な管財人を雇っているか、夫であるクロードの力だろうと思っているらしい。

それでも、かなりの資産を保有しているのは確かであり、下心を持った者が多く近づいてこようとするのだ。

とはいえ、ボッツェリ公爵夫妻――特に公爵夫人は表に出てこない。

そのため顔はあまり知られておらず、オパールとしては身分を隠して行動できることが多かった。

オパールは車窓から見える景色を楽しみながら、馬車で山道を進んでいた。

ナージャは少し前までの激しい揺れに酔ったらしく、目を閉じている。

もう少し進めば休憩することになっており、その先の道はあまり揺れないはずだった。

「ナージャ、もう少しだけ頑張れる？」

「……はい。申し訳――」

「謝らないで。これればかりはどうしようもないもの」

馬車や汽車の揺れによる不調には一応の対策もあるが、体質の影響も大きいらしい。

慣れも関係あるのか、オパールは初めの頃は苦手だった船の揺れも最近はすっかり平気になっていた。

ナージャは船のほうが平気なようなので、帰りは船を手配したほうがよいだろう。

少し先に峠の宿屋が見えてきてオパールはほっと息を吐いた。

これでナージャを休ませることができる。

リュドやクロードと離れている時間が惜しく、急いだのが失敗だった。

今回の一番の目的はルメオン公国公女の様子を探ることだが、オパールは昔ながらの山越えも体験してみたかったのだ。

そのせいでナージャに負担をかけてしまった。

（何でも欲張ってはダメね……）

オパールは反省しながら、ナージャの様子を窺った。先ほどより顔色はよくなっている。

宿屋で一晩休めば、残りはそれほどの悪路ではないはずなので大丈夫だろう。

「ナージャ、今日はあそこに泊まるから、しっかり休んでね」

「私は大丈夫です、奥様。ですから、予定通り進んでください」

「心配いらないわ。もう一つ先の宿場町で泊まる予定だっただけだから、大して違いはないの」

先行者に宿は押さえてもらっているので、問題はない。

確かにルメオン公国への到着は遅くなるが、それも含めて旅なのだ。

ルメオン公国とは陸つなぎの国々も最近は船で向かうのが主流になっており、ソシーユ王国とを繋(つな)ぐこの山間の街道も廃れてきている。

オパールとクロードはこの問題にも関心を持っていたため、この機会にオパールが視察することにしたのだった。

（船もこの道も、天候に左右されることには変わりないわね……）

大陸の西端に位置するルメオン公国は、隣接する国々との間に山々が連なるため、陸の孤島のような存在だった。

山間を縫って自然と発達した街道は整備されていない場所もあり、雨で道がぬかるめば車輪や馬の足に影響が出るのは間違いない。

そのため他国との交流が少なく、独自の政治文化が発達していた。

だが近年、地下資源が次々と発見され、各国からの関心を集めている。

その中でいち早く結婚によってルメオン大公家と縁戚(えんせき)関係を結んでいたアレッサンドロは、さすがと言うべきだろう。

（先代の大公閣下がすべての鉱脈を国有としたのも、先見の明があったと言うべきよね……）

ただこれは、アレッサンドロの入れ知恵かもしれない。

しかし、アレッサンドロと親交の深かった大公も、十年前にタイセイ王国を襲ったのと同じ疫病で亡くなっている。

（今になって急に姪である公女殿下のことを気にかけるなんてねえ……）

様々な思惑が見えるからこそ、オパールは今回のアレッサンドロの頼みを引き受けることを渋っているのだ。

単純にリュドとの時間が取れなくなるだけの問題ではない。

正直に言えば、オパールの手には負えないだろう。

しかし、母親に続き父親まで幼い頃に亡くした公女のことを思うと、無視もできなかった。

オパールも母を病で亡くしたときの悲しみと寂しさ、心細さを今でもはっきり覚えている。

それでも、マルシアやトレヴァーなど伯爵家のみんなとクロードがいてくれたからこそ、乗り越えることができたのだ。

もちろん今では父や兄の愛情もあったとわかるのだが、当時は気づくことができなかった。

公女にもそうした存在がいれば、オパールが必要となることはない。

あれこれ考えているうちに、オパールたち一行は宿屋へと到着したのだが、そこで意外な人物に出会うことになった。

真っ当な金貸しのルボーである。

「ルボー、久しぶりね。まさかここで会えるとは思っていなかったわ」

「……確か……そうそう、ケンジット夫人ですね。お久しぶりです。このような山峡の宿に泊まるなど、ずいぶん酔狂なご婦人だと宿帳を見て思いましたが、納得しましたよ」

身分を隠して偽名を使っているオパールをからかうように、ルボーはわざとらしく名前を口にして挨拶した。

変わっていないなと思いつつ、オパールも笑顔で返す。

「ルボーこそ、山越えをするなんて酔狂ね。船で悠々と旅をするのだと思っていたわ。ルメオン公国から帰るところかしら？」

「ご用命があればどこへでも駆けつけるのが私の仕事ですのでね。奥様もどうぞご贔屓に」

「……ええ。ありがとう」

ひょっとしてルボーは貸したお金の取り立てで誰かを追っているのかもしれない。

それでこのような不便な旅をしているのだとすれば、これ以上は触れないほうがいいだろう。

そう判断したオパールは、その場でルボーと別れたのだった。

それから一晩過ごし、無事にルメオン公国へと到着することができたのは、翌日の夕暮れ迫る時刻だった。

船での往来が一般の者たちの間で主流になるまではルメオン公国の玄関口にあたるこの町も栄え

ていたのだろうことがわかる。

だが今は活気が消え、あちらこちらの宿屋や商店が看板を下ろしているのが見えた。

「なんだか、思っていたよりも寂れてますねえ……」

「そうねえ。宿場町もそうだったけれど、それだけ街道を利用する人が減ったのでしょうね」

「船のほうが早いですもんね。汽車で港までもすぐですし」

「その分、割高にはなるから、利用者は限られるけれどね」

そもそも国境をわざわざ越えるのは、商人くらいしかいないので、一般庶民にはあまり縁のない街道なのだ。

すっかり元気になったナージャに答えながら、オパールは周囲をよく観察した。

街道の玄関口であるこの町に立ち寄る商人や旅人が減ったとしても、近くには鉱山がある。

そちらに働き口を求めて町の人たちの一部は出ていったのかもしれない。

（それでも、町並みはきちんとしているわね）

人が出ていけば荒れるものだが、この町は空き家らしき建物もきちんと手入れされている。

このような町は珍しく、オパールは感心した。

（これは国の施策かしら……）

今現在、ルメオン公国は先代大公の弟であるエッカルト殿下を中心として国政を行っているらしい。

この国は男女の区別なく長子継承なので、これは公女殿下が成人するまでの暫定措置のようなものだった。

とはいえ、公女殿下が成人したからといっていきなり国政を担うのは無理だろう。

しばらくは今の状況が続くことが予想されている。

町でまだ営業している宿屋で、オパールは周囲から奇異の目で見られながら部屋へと入った。

すると、ナージャがあちこち細かく確認して満足げに言う。

「——奥様、お部屋はなかなか素敵ですね！」

「ええ、本当ね」

実際、部屋は綺麗（きれい）に整えられており、いくら客足が遠のいていても、上宿としての矜持（きょうじ）が感じられた。

「怪しげな風体のお客さんもいないし、街道に追い剝（は）ぎが出ることもなかったし、よく管理されているわね」

「でも宿屋によっては、強盗とグルになっているところもあるらしいですね」

「そうね。そういうところもあるけれど、ここは大丈夫だと思うわ。先に調べてもらっているんだから」

「そうでしたね！」

ナージャは言いながら心配になったのか、オパールの答えにほっとしていた。

さすがにオパールも昔のような無茶はできないので、この旅には入念な準備をしている。

護衛もしっかりつけているが、あまり仰々しいのも怪しまれるので、一般の旅人に扮（ふん）している護衛もいるのだ。

その後のオパールは暇を持て余した酔狂な金持ちの客を演じながら、食事を運んできてくれた宿のメイドにあれこれ話を聞いた。

どうやら近くにある鉱山町は治安が悪く、わざわざ足を延ばしてこの町に宿泊する商人が一定数いるらしい。

そのため、町も治安維持に力を入れているのだ。

(鉱山町が荒れるのはどこもあまり変わらないわね……)

オパールは話を聞いてため息を吐いた。

ヒューバートがマクラウド公爵領を担保に無理してまで購入したマンテストの鉱山町でも、初めの頃は治安維持にかなり気を使っていたのだ。

独自の警備兵たちを置き、労働環境改善に力を入れたおかげで、今は酒場で酔っ払いがたまにケンカする程度になっている。

(行き交う人々が減って、人口も減って、寂れてはいるけれど、町が荒れていないのは住む人たちの努力の賜物なのね)

為政者の施策ではなく、住民たちが自ら考え活動していることに、オパールは感動したのだった。

ところが翌日。

汽車で王都に向かうために鉱山町にやってきたオパールは失望することになった。

鉱山町の顔である駅でさえもならず者たちがのさばっていたのだ。

これでは商人たちがわざわざ宿泊場所に、駅から距離のある町を選ぶはずである。

護衛たちに囲まれながら客車に乗り込むオパールたちに下卑た声がかけられる。

ようやく特等室に落ち着いたところで、ナージャがぼやいた。

「……以前のリード鉱山より酷いですね」

「本当にその通りね」

昨夜、宿のメイドから話には聞いていたが、ここまで酷いとは思っていなかった。

この国は地下資源をすべて国有として採掘し、各国に輸出しているのでかなり潤っているはずである。

それなのに、労働者たちに還元がなされていないどころか、彼らを酷使しているようにも見えた。

オパールは走り出した汽車の窓から、流れる景色をじっくりと眺めた。

3　公国

鉱山町からの鉄道は基本的に輸出するための港へと繋がっている。

そこで、オパールたちは二度の乗り換えを経て公国の都に到着した。

「なんだか別世界ですねえ……」
「ちょっとびっくりね」

都の上級宿に落ち着いたナージャが荷物を整理しながら呟（つぶや）いた。

早朝に街道の玄関口にある宿を出発して、今はすでに星が輝いている。

それ以上に都の街並みは煌びやかで何もかもが輝いて見えた。

朝に見た光景とは本当に別世界のようで、オパールは驚くとともに苛立（いらだ）っていた。

都市部と地方ではどうしても格差が生まれてしまうのは仕方ない。

それでも、タイセイ王国ではアレッサンドロやクロードたちが中心となって、地方ができるだけ住みよい場所になるように整備を進めている。

オパールもまた医療や教育の格差が生まれないようにと、様々な団体に支援していた。

それがこの国では、乗り換えは大変ではあったが、一日で移動できる距離にある町でも都とあまりに差があるのだ。

(国庫には絶対余裕があるはずなのに……)

地方整備を怠っているどころか、富を生み出してくれる労働者たちを蔑（ないがし）ろにしている。

いつか暴動に発展してもおかしくないだろうが、この国が他国から隔絶されているために地方に住む者たちは、世界の現状を知らないのだ。

しかし、いつかは皆が気づく時は来る。

(腹は立つけれど、陛下のおっしゃる通り、この国に来てよかったわ)

オパールがこの三日間で得たものは大きく、部屋の窓から小高い丘の上に立つルメオン公国の城――大公宮を見上げながらこれからのことを考えていた。

大公宮はボッツェリ公爵領の領館のように白く輝いていることから、おそらく同じ石材が使われているのだろう。

（あの石材もソシーユ王国からでしょうけど、当然陸路なわけはないわよね……）

この国もまたボッツェリ公爵領のように陸路より海路のほうが輸送に適しており、都が海に近い場所にあるのも当然だった。

船での往来が一般的になってきた今では、山間部との格差はますます開いていくばかりだ。

だが、鉱石を採掘するには、山間部に人を集めなければならない。

（鉱石を運ぶための鉄道が敷かれても、人の移動を促すには利便性が足りないのよね）

要するに、山間部で暮らす人々――労働者について考えられていないのだ。

もし資源国であるこの国に内乱でも起きれば、各国に大きな影響を及ぼすことになる。

タイセイ王国内が落ち着いてきた今、アレッサンドロがこの国に目をつけているのは当然の結果だった。

アレッサンドロは若い頃には世界各地に遊学しており、この国の問題点にもすでに気づいていたのだろう。

だが、アレッサンドロにとっての誤算は疫病の流行だった。

あの病で元々体の弱かった兄――国王の突然の崩御と、その混乱に乗じた反抗勢力の台頭。後ろ盾のひとつとなるはずだったルメオン公国大公の崩御。

ずいぶんな遠回りになってしまったが、アレッサンドロにとっては、ようやく地下資源の豊富なルメオン公国に干渉する余裕ができたのだ。

（いえ、それはさすがに意地悪な見方すぎるかしら……）

単純に姪（めい）を心配していると捉（とら）えるべきかもしれない。

しかし、アレッサンドロに家族の情がないとは言えないが、あるとも言えないのが正直なところだった。

あるにしても、家族より国を優先させるのは間違いない。

為政者としては理想的だが、家族にとっては寂しいのではないだろうか。

（単なる私の考えすぎだといいけど……）

オパールの父親——ホロウェイ伯爵も、家族よりも実利を優先させているとしか思えなかった。

それが最近になって、不器用なりに家族を愛してくれているのだと、気づいたのだ。

ただ、その愛情を受け入れるかどうかは、オパールやジュリアンが決めることである。

そして、ジュリアンが何を考えているのかはさっぱりわからなかった。

（まあ、ジュリアンのことはいいわ）

オパールの目的である公女については、都に近づくにつれて噂が入るようになっていた。

汽車の待ち時間にナージャとともにさり気なく待合室で他の乗客から得た情報によると、アレッサンドロの言う通り『我が儘（わがまま）』らしい。

噂など当てにならないことはオパール自身がよくわかってはいるが、だからといって無視できるものでもないのだ。

あまり時間はないが、オパールはこの国のことを少しでも多く学ぼうと改めて決意した。


翌日からは、精力的に社交の場へとオパールは出かけた。

アレッサンドロが手配した公国の有力者からの紹介状のおかげで、本当の身分は明かしていないが、オパールは多くの場で受け入れられている。

ソシーユ王国出身の資産家夫人として、偽名を使っていても特に怪しまれることはなかった。

日頃からオパールがボッツェリ公爵夫人としてあまり公の場に顔を出さないだけでなく、ルメオン公国の社交界はソシーユ王国やタイセイ王国の社交界と顔ぶれがまったく違うからだろう。

タイセイ王国やソシーユ王国の彼らにとって、ルメオン公国は未開の地も同然なのだ。

(この国が産出する資源が、便利になった今の世界を支えているのにね)

もちろんオパールたちが所有するマンテストや他にも地下資源の産地はある。

それでも公国の産出量や価格によって相場が変動するのは間違いない。

オパールも知識でだけは知っていたが、実際に目で見ると、想像とはかなり違うことばかりだった。

ルメオン公国はきっと豊かな国なのだろうと思っていた。

それが古い街道を通って馬車で入国してみれば、見える景色からはとても豊かとは言い難く、まるで時が十年以上前で止まっているようだったのだ。

都は華やかではあるが、陰では助けを必要とする人たちが施しを待っている。

鉱山が国有なのに――国有だからこそ、民が飢えることがないよう施策できるはずだった。

それが為されていないのは、怠慢か無能か傲慢のどれかだろう。

オパールはため息をのみ込み、退屈な夜会での夫人たちの会話に耳をそばだてた。

「――それでね、やっぱり公女殿下は欠席なさるんですって」

「また？　この夜会は鉄道がこの国で初めて開通した日を記念に祝うものなのにねえ」

「公女様はご興味がないのよ。毎日お部屋に籠もって『あれも嫌、これも嫌』っておっしゃってばかりらしいもの」

「ついには『結婚も嫌！』って大騒ぎしたらしいわね」

「そうそう……」

夫人たちの会話はもう何度も聞いた内容で、オパールはその場から離れた。

公女に直接会えるかもしれないと、大公宮でのこの夜会に出席できるよう手配してもらったが無駄だった。

結局、どこの社交界もご意見番という重鎮の女性が仕切っており、旧弊な体質は変わらないようだ。

オパールはそっと会場を抜け出して、ぶらぶらと宮内を歩いた。

立入禁止区画ならきっと衛兵に止められるだろう。

そう考えてこの機会に宮見学を楽しむことにしたのだが、前方から若い女性が女官らしき女性を従えて歩いてくるのが見えた。

「――から、どうして私が出てはいけないの⁉」

「殿下は欠席されると皆が思っております。そこに突然お出ましになられたら――」

「喜ぶべきじゃない？　会えないと思ってたのに、会えるんだから」

「ですが、前触れもなくいきなりお出ましになられるのは礼式上の問題が――」

「なら、前触れを出せばいいじゃない！」

どうやら噂の公女らしく、オパールは廊下の端に寄り、彼女たちが通りすぎるまで膝を折り頭を下げた。

しかし、会話内容はしっかり聞こえてくる。

困惑しながら公女を止めようとする女官たちに、新たに侍従らしき人物が加わった。

公女は侍従と軽く言い合っていたが、まるで地団駄を踏むように靴の踵を鳴らす。

「もういいわよ！」

公女は年配の侍従に甲高い声で言い捨てると、踵を返した。

女官たちは明らかにほっとしながら、公女の後を追う。

オパールは急ぎ死角になるだろう場所へと身を隠した。

（衛兵がいないけれど、私が刺客か何かだったらどうするのかしら……）

ところどころ衛兵が立ってはいたが、初めて訪れるオパールがうろうろしていても見咎められることはなかった。

それだけ平和だと言えばそうなのだろうが、やはり宮内でこの状況では警備が甘い。

不満げに口を尖らせて戻っていく公女を目で追った後、オパールは夜会を退席することにした。

最近、耳にする公女の噂では『我が儘』の他に『癇癪持ち』ともある。

偶然にも公女を見かけることはできたが、これだけではまだ判断できない。

オパールはこれからの計画を実行するために、まずはナージャの説得をしなければと考えながら帰路についた。


「――反対です！」

宿に戻り、明後日からの計画をナージャに話すと、予想通りの反応が返ってきた。

オパールは公女がタイセイ王国へ向かう船に同乗するのだが、三等船室に一人で乗船するつもりだった。

「心配してくれてありがとう、ナージャ。でもね、こんな機会はもうないと思うの」

「確かにおっしゃるとおりですが、奥様お一人で客船の三等船室で旅をなされるなど、賛成できるわけがありません！　どうしてもとおっしゃるなら、私もご一緒します！」

苦笑しながら説得を始めるオパールに、ナージャは自分なりの案を出してきた。

オパールが一度決めたら簡単には意見を変えないとよく知っているのだ。

「ナージャが一緒にいてくれると、とても心強いけれど甘えてしまうと思うの。そうなると、二人の関係性に疑問を持たれるし、身辺を探ろうとする人が出てくるかもしれないわ。それに護衛は何人もつけるつもりよ。部屋はもちろん別だけど、近くの三等船室で待機してもらうわ。部屋から出るときには必ず彼らにわかるようにする。護衛が危険だと判断すれば部屋からは出ないし、彼らの指示には絶対に従うと約束するわ」

「……ですが、なぜわざわざ三等船室なのですか？　公女殿下にお近づきになれないではないですか」

「確かにね。でも、初めからボッツェリ公爵夫人としてお会いするより、まずは遠くから様子を見てみたいの。私がいるとわかればきっと警戒されるでしょう？　公女殿下も大公宮から——国から離れることで、噂とは違った一面を見せてくれるかもしれないもの」

公女もある程度自由を得ることで、のびのびできるかもしれない。

ひとまず今の付き添い役である女性が同行するらしいが、先ほど見た様子では、公女を律するほどの力はないようだった。

それなのに初めからタイセイ王国でのお目付け役候補であるオパールが傍にいたのでは、今までと変わらないだろう。

用意周到なアレッサンドロなら、おそらく公女にお目付け役についてすでに伝えているだろうとオパールは予想していた。

「それなら、せめて二等船室でもよろしいのではないですか？」

「二等船室だと一等客との接触機会も多いし、他の乗客に顔を覚えられてしまうかもしれないでしょう？　寄港地のソシーユ王国からはボッツェリ公爵夫人として乗船するつもりだから、できるだけ目立たないでいたいの」

「なるほど……」

ナージャも徐々にオパールの説得にほだされてきているようだった。

オパールはさらに続ける。

「ナージャには先に定期船でソシーユ王国に戻って、色々と手配してほしいことがあるの。私がこの国に来ていることは知られていないから、さもソシーユ王国にずっといました。って感じでね」

「それはお任せください！　あ、でも……」

ちょっとした工作が必要な仕事に、ナージャは顔を輝かせた。

だがすぐに、ためらいをみせる。

やはりオパールから離れるのが気がかりなのだろう。

しかも三等船室は相部屋で、どのような客が乗っているのかわからないのだ。

たとえ女性といえども悪人はいる。

「貴重品は持たないつもりよ。普通の三等客と同じくらいのお金だけね。あとは古着を購入しないといけないわ」

「それは私が明日の午前中に見繕ってきます。虫食いなどあってはいけませんし、しっかり確認して洗濯を急ぎます」

「ありがとう、ナージャ」

いつの間にかナージャが協力態勢になっていることに、本人は気づいていない。

ナージャが後で思い直さないように、オパールはもう一つ大切なことを告げた。

「ナージャには定期船内の様子をよく見ておいてほしいの。乗客や乗組員の様子、船内の設備などをね」

「わかりました！　ひょっとして……奥様は船舶事業も手がけられるおつもりなのですか？」

オパールのお願いに、ナージャはピンときたらしい。

当たらずとも遠からずではあったので、オパールはにっこり微笑んだ。

「そのつもりはないわ。でもね、鉄道が各地に次々敷かれている今、船での移動はこれから変わっていくと思うの。もちろんたくさんの荷物を運べるという強みは船舶にあるけれど」

「確かに鉄道は便利ですけど、さすがに海の上に線路を敷くわけにはいかないですよね？」

オパールが説明すると、ナージャはまさかといった様子で質問する。

「さあ、わからないわよ？　世の中はどんどん進歩しているんだから」

「ええ……」

曖昧な答えになってしまったのは、オパールにも本当にわからないからだ。

オパールの子どもの頃の常識が今とは全然違うように、この先はもっと違ったものになるだろう。

ナージャは目を丸くしている。

オパールはくすりと笑って、ナージャとともに明後日からの別行動の打ち合わせをしっかりしたのだった。

4 船旅

空は快晴。

しかし、デッキに吹きつける潮風は少し強く、オパールは舞い上がりそうになるスカートを片手で押さえた。

もう一方の手は小さな手を守るように繋(つな)いでいる。

「ねえ、あれはなあに?」

「海鳥よ。陸が近づいてきた証拠ね」

「りく?」

「ええ。ソシーユ王国の港。そこでメイリとお母さんは下りるのよ」

「オパールは?」

「私は……ええ、私も下りるわ」

「じゃあ、ずっといっしょ?」

「いいえ。船を下りたら、お別れしないとダメなの」

「そんなのさびしい……」

ルメオン公国からのこの船旅で出会った小さな友人のメイリが、お別れと聞いて涙ぐむ。

この船の三等船室で同部屋になったメイリとは、出会って三日しか経っていない。

それなのにメイリはオパールにずいぶん懐いていた。

「メイリはもうすぐおじいさんとおばあさんに会えるのよ？」

「うん……」

オパールは屈んでメイリと目線を合わせると、優しい口調で話した。

メイリは父親を亡くし、母親のケイトとともに故郷へと帰るのだ。

そう説明してくれたケイトは腰が悪く、船室にいる。

「おじいちゃんとおばあちゃん、やさしいかな……？」

「……そうね。メイリがあんまりにも可愛いからびっくりしちゃうかも」

オパールが明るく答えると、メイリはくすくす笑った。

まだ七歳なのに、メイリはずいぶんしっかりしている。

そのためか、母親の不安を感じ取っているのだろう。

オパールがケイトから聞いた話では、両親にルメオン公国出身の男性との結婚を反対され、駆け落ちしたのだそうだ。

しかし、夫を二年前に亡くし、必死に働いていたが体を壊してしまい、ケイトは実家を頼ることにしたらしい。

ただ何も連絡していないため、歓迎されるかどうかわからない不安からか、ケイトはさらに体調を崩していた。

そのため、オパールがずっとメイリの相手をしていたのだ。

「さあ、メイリ。そろそろ——」

船室に戻ろうと言いかけたところで、デッキを傷つけそうなほどのヒールの音を響かせながら、若い女性がやって来た。

傍にはエスコートする美青年がいる。

「エリー、君がこんな場所にいるなんて耐えられないよ。早く一等客用のデッキに戻ろう」

「あら、ロラン。こういう場所も見ておきたいの。私の旅の目的は見聞を広めることだもの」

ロランと呼ばれた美青年は顔をしかめながら、若い女性に忠告した。

だが、若い女性——エリーと呼ばれている公女は気にした様子もなく、辺りをきょろきょろしている。

「わあ……お姫さまみたい」

華やかに着飾ったエリーを見て、メイリが顔を輝かせる。

「あら、メイリもお姫様みたいに可愛いわよ」

オパールが微笑みながら言うと、メイリはさらに笑顔になった。

「オパールもお姫さまみたい」

「ありがとう、メイリ」

今のオパールは三等船室で浮かないように、ナージャが手に入れた古着を身につけ化粧もしておらず、髪は一つに編んで後ろに垂らしていた。

それでも褒めてくれるメイリに素直に喜んだオパールだったが、どうやらその会話が聞こえたらしい。

ロランが鼻で笑う。

「おいおい、あんな貧乏くさいおばさんがお姫様とか、冗談だろ？」

ロランの馬鹿にした言葉がはっきり聞こえなくても、メイリは自分たちが笑われているとわかったらしい。

表情を曇らせるメイリにオパールが声をかける前に、エリーが顔をしかめてロランに答えた。

「ロラン、それは失礼よ」

「いや、だが……ほら、君と比べるとあまりにも違うからさ……」

「まず、比べることが失礼なのよ」

「そ、そうだね。すまなかった、エリー」

二人のやり取りは馬鹿らしく、オパールは小さくため息を吐くと、メイリに微笑みかけた。

「そろそろ戻りましょう、メイリ。お母さんが寂しがっているかも」

「うん、わかった」

メイリもニコッと微笑んで頷(うなず)いた。

それでも心は傷ついているのだろう。

オパールは立ち上がると振り返り、笑みを消してエリーとロランへ真っ直ぐ視線を向けた。

途端に二人はびくりとする。

「……さあ、戻りましょう、メイリ。私を部屋まで連れて帰ってくれる?」

「うん!」

手を差し出してお願いすれば、今度はメイリも嬉(うれ)しそうに頷いた。

オパールを部屋まで連れ帰るとの使命に喜んでいるようだ。

メイリと手を繋いだオパールは、すれ違いざまにエリーたちを不躾(ぶしつけ)にジロジロ見た。

もちろん失礼は承知である。

「なっ、何だ、あの女は!」

「驚いたわ……」

二人の声は聞こえたが、オパールは振り返らなかった。

少し先でニヤニヤしながら一連のやり取りを見ていた若い男性――ジュリアンもオパールは無視して、メイリと船内に入っていく。

「メイリ、部屋の場所はわかる?」

「大丈夫!」

メイリは元気よく答えると、複雑な船内をものともせずに進んでいく。

先ほどのちょっとした嫌な出来事は忘れたようで、オパールはほっとした。

そのまま同じ扉が並ぶ廊下を進み、メイリは間違えることなく自分たちの部屋の前で止まった。

「さん、ぜろ、よん、ご。このへやよ、オパール」

「すごいわ、メイリ。部屋番号を覚えていたのね？」

「わたし、もう数字は読めるもの」

「そうなのね」

三等船室は長い廊下に何枚も同じ扉が続いている。

何度も出入りしていたとはいえ、中央近くにある部屋へメイリは迷うことなくたどり着いて番号を確認したのだ。

きちんと教育を受ければ、きっとメイリはその才能を伸ばすことができるだろう。

ただ今のオパールにはまだ何もしてあげられないことが残念でならなかった。

「おかえり、メイリ。オパールさんもありがとう」

オパールが扉を開ける前に、中からケイトが顔を出した。

そして二人を迎えてくれる。

「ただいま、おかあさん！」

「外はいいお天気で気持ちよくて、メイリと一緒に過ごせて楽しかったです」

メイリは母親の体に負担をかけないようにそっと抱きついた。

そんなメイリに腕を回しながらも申し訳なさそうにお礼を言うケイトに、オパールは明るく微笑んだ。

「さあ、もうすぐ港に着きますから、下りる準備をしないと」

「ええ、そうですね」

あまりケイトに気を遣わせないように、オパールはさっさと話題を変えた。

しかし、それは失敗だったらしい。

船を下りると聞いて、ケイトは途端に顔色を悪くした。

やはり両親と連絡を取らないままに帰郷したことが心配なのだろう。

オパールは昨夜のうちに準備していたものを鞄から取り出した。

「ケイトさん、お願いがあるのですがよろしいでしょうか？」

「はい、私にできることなら」

「この手紙をお住まいになる教区の祭司様にお渡ししてくださいませんか？」

「祭司様に……？　私などから受け取ってくださるでしょうか？　私は文字も読めないのに……」

「大丈夫だとは思いますが、もし不審がられても強引に渡してください。お願いします」

「……わかりました」

「ありがとうございます」

自分たちの住む予定の教区の祭司に、なぜオパールが手紙を書いたのか、ケイトは不思議に思ったようだ。

それでも追及はせず、引き受けてくれた。

手紙にはもしケイトたち母娘が困っているようなら、保護してほしいと書いてあるのだ。

また手紙を受け取った時点でこちらに連絡をしてほしいとも。

祭司ならきっとオパールの名前は知っているだろうから、いずれオパールの許に返事が届くだろう。

ケイト自身が詳しい実家の場所を説明することができなかったため、オパールが二人の先行きを確認するための方法として考えたものだった。

「メイリも一緒に祭司様にお手紙を渡してね」

「わかった！」

メイリが元気よく返事をしたとき、接岸の合図が船内に響いた。

ケイトはオパールが託した手紙を大切そうに鞄へと仕舞う。

この船は一日港に停泊し、明日の朝にソシーユ王国の別の港に向けて出港するのだ。

そうして各地に寄港しつつ、四日後にタイセイ王国へと到着する予定だった。

「あと四日……」

荷物を持って部屋を出ながら、オパールは思わず呟いた。

それまでリュドとクロードに会えないつらさが胸を刺す。

「オパール、どうしたの？」

「……忘れ物はないかって考えていたの。もし忘れてしまったら、このまま海の彼方まで行ってしまうもの。メイリは大丈夫？」

「大丈夫！」

幼いメイリに心配させるほど表情に出ていたらしい。

オパールはすぐに表情を取り繕って、悪戯っぽく笑ってみせた。

すると、メイリは肩から下げた自分用の鞄をぱんぱんと叩(たた)いて答えたが、はっとしてケイトを見上げる。

「お母さんは大丈夫？」

「ええ、大丈夫よ」

「わたしが持つ？」

「いいえ、これくらいなら大丈夫。ありがとう、メイリ」

母親を気遣うメイリをオパールは黙って見ていた。

メイリは母親の前では我儘(わがまま)を言わない。

物心ついたときから苦労する母親を見ていたからか、少しでも助けになろうとしているのだ。

オパールも母娘を助けたかったが、いきなり手を差し伸べてもケイトは戸惑うだけだろう。

船を下りたオパールたちは、乗り合い馬車の待機所までやって来た。

オパールはこの港町でナージャと落ち合うことになっており、ここでお別れである。

「――ケイトさん、メイリ。この三日間、ご一緒できて嬉しかったです。つまらないはずだった一人での船旅がとても楽しいものになりました。ありがとうございます」

「そんな……私たちのほうこそ助けてもらってばかりで……」

ケイトはオパールの言葉に泣きそうになりながらも首を横に振った。

そんな母親を見て、メイリが不安そうに表情を曇らせる。

「オパールはいっしょに乗らないの？」

「私はここの宿に泊まるのよ。メイリ、あともう少し旅は続くけど、頑張れる？」

「うん！　馬車に乗るのは楽しいから！」

また無理して明るく振る舞うメイリ。ケイトも悲しそうに見ていた。

だが今はどうしようもない。せめてメイリを、ケイトに心配をかけないようにするしかないのだろう。

「それじゃあ、オパールさん。本当に色々とありがとう」

「こちらこそ、用事をお願いしてしまって。手紙のこと、よろしくお願いします」

「ええ、任せて」

「メイリ、とても楽しかったわ。ありがとう」

「わたしも楽しかった！　オパール、またね！」

「ええ、またね」

メイリは明るく笑って手を振り、ケイトに手伝ってもらって馬車へと乗り込んだ。

続いてケイトも乗る。

オパールは邪魔にならないように数歩下がって、馬車が出発するのを見送った。

やがて馬車が見えなくなると、物陰から屈強な男性が出てきて、オパールの荷物を持った。

護衛としてずっと同じ船に乗っていた者の一人だ。

「ありがとう」

「いえ。宿へご案内します」

オパールがお礼を言うと、ぶっきらぼうに答え、先に歩き始めた。

護衛は彼一人ではない。

他の護衛たちも目立たないように近くにいる。

ナージャにも告げたように、今回の船旅を計画するにあたり、護衛の人数はクロードが決定したことだった。

オパールもそれでクロードが安心してくれるならと、反対はしなかったのだ。

そのときのクロードを思い出したオパールは密かに微笑みつつ、護衛の後をついて宿に向かった。

5　合流

「遅いぞ、バカオパール」

案内された宿の部屋へと入った途端にオパールを迎えたのは、ジュリアンの憎まれ口だった。

オパールはむっとしたものの相手にはせず、心配して待っていたナージャに笑顔を向ける。

「ただいま、ナージャ」

「おかえりなさいませ、奥様！」

ナージャはぱっと顔を輝かせ、飛びつかんばかりの勢いでオパールに駆け寄った。

それからオパールの手を取って眉を下げる。

「オパール様、細かい傷ができています。ほかにお怪我はありませんか？」

「これくらい大丈夫よ、ナージャ」

「大丈夫ではありませんよ。オパール様はご自分に無頓着すぎます。さあ、あちらに湯を用意しておりますから」

ナージャに促されて、オパールは素直に従い別室へと移動した。

ジュリアンも何かとオパールには絡むが、過保護なナージャにはいつも何も言わない。

それでもナージャやほかの侍女たちにたっぷり甘やかされ、磨き上げられたオパールがジュリアンの待つ部屋に戻ると、わざとらしく立ち上がってお辞儀した。

「これはこれはボッツェリ公爵夫人、お久しぶりです」

「ご丁寧に嫌味をありがとう、ホロウェイ子爵」

オパールは負けずに言い返し、用意された席へと座った。

さらににっこり笑って言い募る。

「それとも伯爵とお呼びしたほうがよかったかしら？」

「誰が伯爵だよ。親父はピンピンしてるだろ」

「お父様とは別の話よ。タイセイ王国ではアレッサンドロ国王陛下があなたに伯爵位を叙爵されるともっぱらの噂じゃない」

「そんな馬鹿馬鹿しい噂を信じるのか？」

「火のないところに……とは言うけれど、アレッサンドロ陛下ならご自分で火をつけられるんじゃないかしら」

「俺はクロードのようにお人好しじゃないんでね。囲われたりはしないさ」

タイセイ王国の社交界では、ジュリアンの長年の功績を称えて国王陛下が爵位を授けられるのではないかともうずいぶん長いこと噂になっていた。

それなのに一向に授爵の知らせはなく、噂だけが大きくなっている。

ソシーユ王国の子爵であり、将来の伯爵でもあるジュリアンは〝男爵〟ごときでは満足しないのではないか、と。

そこで異例ではあるが、いきなり伯爵位が叙爵されるのではないかと言われているのだが、ジュリアンにその気がないのはオパールも知っていた。

だが、一年以上もこの手の噂が流れているのだから、アレッサンドロが関わっていると考えて間違いないだろう。

贔屓目(ひいきめ)を抜きに見てもジュリアンは優秀な人材で、アレッサンドロが臣下として欲するのもわかる。

そして、ジュリアンが是と言わないがために、アレッサンドロは周りから固めていこうとしているのだ。

「ま、お前みたいな馬鹿が臣下にいたんじゃ、アレッサンドロの苦労もわかるがな」

「誰が馬鹿ですって？」

「馬鹿だろ？　あんな目立つ行動をして、騒ぎになったらどうするつもりだったんだ？　三等客が一等客にケンカを売るなよな。いくらおばさんって言われたからって」

「ケンカなんて売ってないわよ」

「あんな目つきで睨んでおいて？」

「睨んでないもの」

にやにやしながら言うジュリアンにオパールは反論したものの、その声は頼りないものになった。別におばさんと言われたことに腹を立てたわけではないのだ。

しかし、もし彼らが怒って騒ぎになれば、メイリはさらに傷ついただろうことを思い、今さらながら反省した。

そんなオパールにジュリアンはふんっと鼻で笑う。

「できないなら引き受けるなよ。お前にお目付け役なんて無理だろ」

「まだ引き受けるとは決めていないわよ。ただ陛下が姪御さんを心配なさる気持ちはわかるもの」

「見たところ跳ねっかえりって噂は本当らしいが……。ま、似た者同士で気が合うかもな」

「似てないわよ。ひょっとして、この間の勝負で私に負けたのをまだ根に持っているの？」

「運がよかっただけだろ。調子に乗るなよ」

「負け惜しみ？　男らしくないわね」

跳ねっかえりと言われてむっとしたオパールとジュリアンの口論が続く間、目の前にはお皿が並べられていった。

それを見て、オパールは眉を上げる。

この宿の昼食は、船の中で提供された三日分の食事量よりも多い。

「過剰なサービスも考え物ね」

オパールは――クロードもだが、基本的には質素な生活をしている。

普段は食事も食べられる分量だけで、残ったものを使用人たちになどということはせず、はじめから使用人たちの食事も十分な内容にしているのだ。

「心配するな。お前の分まで俺が食べてやるから」

そう言って、ジュリアンはオパールの好物であるキッシュをひょいっと取り上げた。

「ちょっと！」

オパールは抗議の声を上げるなり、ジュリアンのお皿からキッシュを取り返した。

そのまま口へ運んでジュリアンにしたり顔を向ける。

「淑女らしからぬ行動だな、オパール」

「あら、紳士らしからぬジュリアンには言われたくないわね」

子どもの頃から変わらない二人の小さな争いは、馴染(なじ)みの使用人たちは慣れているので気にしない。

ナージャも笑いを堪えながらそんな二人を見守っていた。

こんなにお行儀が悪いことをしていても、二人とも品がある。

「それで、初めての三等船室はどうだった？」

「部屋は狭くて息が詰まりそうだったけれど、食事は三食提供されたし、寝具も清潔だったわ。渡航時間がかかる分、運賃も安いから、時間はあっても資金がない人たちには助かるみたい」

「安さだけが利点なら、ソシーユ王国とルメオン公国を繋（つな）げる鉄道が開通すれば、利用客はそちらに流れるな。そうなれば客足は遠のき経営は厳しくなる。どうする？」

「それを考えるのは私ではないわ」

　オパールが肩をすくめて答えると、ジュリアンが指さすようにフォークを向ける。

　その失礼な仕草に、オパールは不快げに顔をしかめた。

「他人事とは冷たいな。鉄道の開通を考えているくせに。だからこそ、アレッサンドロの依頼を受けたんじゃないのか？」

「何度も言うけれど、まだ引き受けたわけじゃないわ」

「なら、さっさと断れよ。今日だって若い男と戯（じゃ）れついていただろ？　面倒事になる予感しかないな」

「確かに軽率ではあるけれど、国から出た解放感からかも」

「庇（かば）うのか？」

「そういうわけじゃないけど……真剣な交際かもしれないわ」

　お目付け役となると、社交界での催しにもかなり参加して、彼女が羽目を外さないか見張らなければならなくなる。

今でさえ息子のリュドやクロードと離れている時間がつらいのに、帰郷してからも忙しくなってしまうのだ。

それでも若い頃の軽率さは身に覚えがあったので、先ほどのエリーのことはつい庇ってしまっていた。

「やっぱりやめておけよ。お前にはお目付け役なんて無理だな。安全な男とそうでない男の見わけもつかないんだからな」

「どういうこと？」

「あの男は詐欺師だよ」

「本当に？　身なりもきちんとしていたし、訛(なま)りもなかったわ」

「そんなものはいくらでも誤魔化せるさ」

ジュリアンは下町風の訛りで話し、自分の衣服をつまんでみせた。

今のジュリアンはどこからどう見ても、労働者階級の人間にしか思えない。

ジュリアンもクロードも何か国語も話せるだけでなく、色々な訛りを操ることもできるのだ。

そう思うと、自分がいかに世間知らずで力不足かをオパールは痛感した。

「……最近、高級リゾート地などで裕福な女性が若い男性に騙(だま)されて金品を取られた、という話は聞いていたわ」

高級リゾート地や豪華客船でのクルーズはお金と暇を持て余した貴婦人たちから人気がある。

どうやらそんな女性たちに若い男性が何かと理由をつけて声をかけ、親しくなってしばらくしてから事業の資金援助や投資話を持ちかけるそうなのだ。

騙された女性たちも事を荒立てたくないために、訴えたりはしていない。

ただ密やかに噂だけが広まっており、誰が被害者なのかははっきりしなかった。

「ジュリアンはどうしてそんなに私がお目付け役をするのは無理だって言うの？　逆に私を奮起させるため？」

「考えすぎだ、馬鹿。お前はあの二人にケンカを売った時点で顔を覚えられているだろ？　それで今さらお目付け役だって現れるつもりか？」

「それはないわよ」

「ずいぶん自信があるんだな」

「ジュリアンだって本当はわかっているくせに。あの二人は三等客の私しか見ていなかったもの。明日、ボッツェリ公爵夫人として乗船しても気づかないわよ」

オパールがきっぱり言い切れば、ジュリアンは反論しなかった。

多くの人が他人を身なりで判断することはジュリアンもよく知っているからだろう。

「じゃあ、引き受けるってことか？」

「まずはジュリアンが言うように、あの若い男性が詐欺師なのかどうか試してみるわ」

「どうやって？」

「詐欺師にとってはお金持ちの若いお嬢さんよりも、自分の財産をしっかり持って暇しているおばさんのほうが魅力的なんじゃないかしら」

「根に持ってるじゃないか」

にやりと笑って言うジュリアンに、オパールも笑って応えた。

いつも仲裁に入るクロードがいなくても、オパールとジュリアンの小さな争いは無事に収まったようだ。

そんな二人を、傍に控えていたナージャはにこにこしながら見ていた。

ところが、その後オパールとジュリアンはすぐに子どもっぽい口ゲンカをまた始め、ナージャは堪えきれずに噴き出してしまったのだった。

6　誘惑

港は労働者と乗客、見送り客でごった返していた。

その中をゆっくりと豪奢(ごうしゃ)な馬車が通り抜けていく。

皆がその絢爛(けんらん)さに気を取られ、ぼうっと見ながら道を空けるのだ。

そして定期航路を巡行する豪華客船の一等客用の搭乗口に止まった馬車に注目した。

いったいどんな人物が馬車に乗っているのか気になるのだろう。

馬車に劣らぬ派手な制服を着た従僕が恭しくももったいぶった仕草で踏み台を置き、扉を開ける。

「わあ……お姫様みたい」

馬車から現れた人物——華やかなドレスを纏ったオパールを見て、小さな女の子がメイリと同じ感嘆の声を上げた。

オパールはその声に気づき、女の子へにこりと微笑みかける。

周囲からはほうっと吐息が漏れ、女の子は嬉しそうに手を振った。

オパールが女の子に手を振り返していると、サテン地に幾枚もの繊細なレースを重ねたスカートが風になびく。

そのスカートを押さえて直しているのは、傍に控えていたナージャだった。

もちろん普段ならそんなことをさせはしないが、ここから先は資産家の公爵夫人として振る舞うのだ。

ナージャがスカートを整え直すまで、その場でゆっくりと周囲を見回した。

港湾労働者らしき男性から野卑な言葉をかけられたが、まるっきり無視して扇子を広げ、顔を隠す。

もう一人の侍女が日傘を差しかけてくれ、ようやくオパールは歩きだした。

搭乗口では、陸上の係員たちが顔を赤くしてオパールをぼんやり見ている。

「じょ、乗船券を……」

「ええ。もちろん」

どうにか声を出したらしい係員の若者に微笑んで頷き、オパールはちらりと後ろを見た。

すぐさま従僕が用意していた乗船券を差し出す。

その確認の間、オパールは船を見上げた。

昨日までは三等客として乗っていたが、今日からは特等室の乗客となる。

そのためか、舷梯(げんてい)を航海士らしき制服を着た男性が駆け下りてきて、オパールに恭しく頭を下げた。

「ボッツェリ公爵夫人ですね？　お待たせして申し訳ございません」

「大丈夫よ。彼らは正しい対応をしただけだもの。ね？」

オパールは係員たちが叱られないよう、気にしていないとばかりに答えた。

そして、係員たちに笑顔を向ける。

係員たちはさらに顔を赤くして首を縦に振った。

本来なら先に従僕が走り乗船券を見せ、主人を立ち止まらせることなく乗船できるようにと気を利かせるものなのだ。

しかし、オパールは大勢の中に並ぶことも待つことも平気なので、使用人たちにそれほど求めるものは多くない。――というより、そもそも乗船券を持っている従僕はジュリアンなのだ。求めようもない。

「それでは奥様、いってらっしゃいませ。よい船旅を」

「――ええ。間違いなく楽しいでしょうね。……邪魔者がいないから」

オパールは満面の笑みで頷き、ぼそりと呟(つぶや)いた。

今朝、出発時にいきなりジュリアンが従僕の姿で登場したので、タイセイ王国まで同行するのかとオパールはうんざりしていたのだ。

だが、ジュリアンにからかわれたらしい。

そんなオパールの呟きが聞こえたらしく、ジュリアンはにやりと笑った。ジュリアンとはここでようやくお別れだ。

「さあ、公爵夫人。お足元にお気をつけてお上がりください」

「ありがとう」

迎えに来ていた航海士の手を借りて、オパールは舷梯を上り始めた。

やがてメインデッキに下り立つと、船長自ら出迎えてくれる。

「ようこそ、ボッツェリ公爵夫人。私は船長のクルーガーと申します。これから三日間、この船での素敵な時間をお約束いたします」

「ありがとう、クルーガー船長。楽しみにしているわ」

船長から手の甲に歓迎のキスを受けながら、オパールはちらりと周囲を窺(うかが)った。

先ほどからあからさまな視線を向けてくる者たちの中にエリーとロランの二人もいる。

エリーは苛立(いらだ)ったような、ロランは値踏みしているような視線。

そんなものはいつも無視するオパールだったが、ロランには艶然(えんぜん)と微笑んでみせた。

途端にロランはぼうっとなり、エリーはむっとしたようだが、オパールはかまわず船長の案内についていった。

「――やっぱり、二人とも気づいていないようだったわね」

船長が去り、特等室でようやくナージャと二人になれたオパールはソファに座って呟いた。

すると、ナージャがお茶を淹れる手を止めて、興味深げに顔を上げる。

「昨日、目が合ったとおっしゃっていた国王陛下の姪御（めいご）様ですか？」

「ええ。それと、ジュリアンの言うところの詐欺師の彼もよ。そんなに違うかしらね？」

「奥様はいつでもお美しいですけれど、今は普段以上に着飾っておられますからね」

ナージャは胸を張って答え、オパールを満足げに見た。

今のオパールは、ネックレスもイヤリングも髪留めまで貴重な宝石で彩っている。

「ところで、三等船室はどんなところでしたか？」

「そうねえ……ここより狭い……浴室くらいの大きさの部屋の壁際に二段ベッドがあって、四人で使ったの」

「それじゃあ、プライベートも何もないですね」

「そうね。でも、他のお客さんたちは、食事は三食出るし、シーツは清潔で、とても満足だって言ってたわ。他の定期船より安いしね」

ナージャは先に到着した定期船の二等船室だったので、興味があるらしい。

定期船の話はすでにナージャから聞いている。

「私が気になったのは乗組員たちの態度ね。もちろん一等客たちはそれなりのお金を払っているのだからサービスは必要だけれど、三等客への態度がちょっと酷かったわ」

全員ではないが、乗組員の中には三等客に怒鳴ったり、質問しても無視したりする者もいた。

そのため、メイリは乗組員を見ると怖がるようになってしまったのだ。

この船は各港に寄港しながらのクルーズが主目的なので、ただ移動したいだけの者たちにとっては時間がかかりすぎる。

そこで居心地の悪い部屋を空き室にせず運用するために、三等船室の運賃を格安にしていた。

そのため、出稼ぎに向かう利用客が多い。

特にルメオン公国では女性の働き場が少なく、働き口を求めて渡航する女性が多かった。

(でも、これから鉄道以外にもどんどん新しいものは開発されていくでしょうから、この船もどうなることか……)

豪華客船としてもっと充実したものにし、運賃を上げて集客を図るという手もあるが、すでに競合他社は存在する。

この船の親会社がどういう方針で運営していくのか注視する必要があるだろう。

(各社の株価に影響があるでしょうし……)

実際にルメオン公国まで馬車の旅を経験したからこそ、今のままでは陸路は廃れ、海路がますます発展するだろうとの予測がついた。

遠回りになっても海を経由するほうが早く、重い荷物も運べる。

しかし近年、トンネルを掘削する技術が飛躍的に進歩しており、山を貫いて鉄道を通すトンネル開発も可能となってきているのだ。

もし鉄道が開通すると、内陸への輸送は格段に便利になるだろう。

（とはいえ、ルメオン公国の体制をしっかりしたものにしなければ、鉄道を通す利点がそれほどないのよね……）

オパールはお茶を飲みながら考えに耽った。

世界は今、すごい速さで進歩している。

うかうかしていると、オパールもクロードもあっという間に置いていかれるだろう。

「よし！　考えていても仕方ないし、動くわ」

「何をなさるんですか？」

カップを置いたオパールは、気合いを入れて立ち上がった。

わくわくした様子で問いかけるナージャに、オパールはにんまりと笑う。

その笑顔は兄のジュリアンによく似ているが、本人たちは認めない。

「若い男性を誘惑するのよ」

わざと高慢な態度でオパールが答えると、ナージャはくすくす笑った。

オパールには様々な噂があるが、実際に誰かを誘惑したことなど当然ない。

もし新たな噂が立ったとしても、クロードをはじめとしたオパールにとって大切な人たちは信じたりしないだろう。

いったいどんなことになるのかと、ナージャは期待しながらオパールの後についていった。

7　作戦

船はすでに出航しており、一等客用のラウンジでは、多くの人たちが歓談していた。

そこにオパールが入ると、一気に皆の視線が集まる。

視線だけでなく、我先にとオパールに近づこうとして、多くの者たちが立ち上がった。

背後でナージャが「ひっ！」と軽く悲鳴を上げるほどだ。

「ボッツェリ公爵夫人、初めまして。私は――」

「おい、君！　いきなり失礼だろう！」

「君こそ、大きな声を出すなんて場を弁えたらどうなんだ？」

普段はこのような場には出ないオパールが同伴者なしで現れたことで、特に男性たちはこの機会を逃すまいとしているようだった。

アレッサンドロ国王の覚えもめでたく、ソシーユ王国でもかなり影響力がある資産家なのだから当然だろう。

それだけでなく、オパール自身もかなり魅力的なのだが、それに関して本人には自覚はなかった。

オパールはただ、ボッツェリ公爵夫人として、投資家として自分と知り合いになりたいのだろうとしか思っておらず、そこがクロードの心配するところである。

気を取り直したナージャは、自分がオパールを守らなければと奮起した。

「奥様、あちらのお席へどうぞ」

「ありがとう、ナージャ」

ナージャはさり気なくラウンジの給仕係に合図を送って席を確保させ、オパールの背後からそっと囁(ささや)いた。

オパールも小さく頷いて答える。

「皆様、また後ほどゆっくりご挨拶(あいさつ)させてください」

「ああ、これは気が利きませんでした。公爵夫人、よろしければ私の席にいらっしゃいませんか？」

「それなら、私の席にどうぞ。眺めが素晴らしいですよ」

「ありがとうございます。ですが、それはまたの機会に」

オパールはにっこり微笑んで、男性たちをかわして給仕係が引いてくれた椅子に腰を下ろした。

そして飲み物を頼み、ふうっと息を吐く。

「ありがとう、ナージャ。ここまで騒ぎになるとは思わなかったわ。船上では社交界のルールも少し違うみたいね」

通常の社交界では、紹介もされていないのにいきなり女性に話しかけたりはしない。ましてや身分の高い女性には。

だが、オパール一人で乗船したことで、暇を持て余している――出会いを求めていると思われたのかもしれない。

（まあ、今回はそれも狙いではあるけれど……）

ただあまり誤解されては、後々面倒なことになる。

この三日間の旅での本来の目的は、エリーを知ることなのだ。

そこに新たな目的ができてしまったのだが、この状況でどうするべきか、オパールは景色を楽しむふりをして考えた。

（うーん……。タイセイ王国に着くまでは、話しかけるつもりはなかったけれど、ちゃんと知り合いになるしかないわね）

船上では遠くから静かに見守るだけのつもりだったが、詐欺師から引き離すには近づくしかないだろう。

結局、アレッサンドロに上手く操られている気がするが、放ってもおけない。

そんなオパールの性格も含めて、アレッサンドロはルメオン公国を訪問するよう仕向けたのだろう。

「ナージャ、少し早いけど部屋に戻るわ。それから作戦会議よ」

「わかりました！」

エリーに近づくにはまず一人になってもらわなければならない。

それなのに三等客として乗っているときから観察していたが、ロランが常に傍にいるのだ。

ルメオン公国からのこの短期間で、ロランはよくそこまで親しくなれたものだと今さらながら感心した。

（ジュリアンの言う通りに詐欺師なら、さすがと言うべきね）

ナージャに手伝ってもらって、ロランからしばらく離れていてもらうには、夕食前がいいだろう。

オパールは席を立つと皆の視線を受けながら、興奮を隠しきれないナージャと部屋に戻っていった。


そして夕食時。

部屋から出てきたばかりのロランに、水挿しを持ったナージャがぶつかった。

「まあ！　申し訳ございません！」

「何てことをしてくれるんだ！　この――っ！」

怒鳴りかけたロランは、ナージャの顔を見てはっと口を噤んだ。

どうやらナージャがオパールの侍女だと気づいたらしい。

以前からオパールに取り入ろうとする者たちは、使用人から取り次いでもらおうと声をかけてくることが多いのだ。

ナージャは内心でほっとしつつ、再び頭を下げた。

「これから食堂にいらっしゃるおつもりだったのでしょうか？　お召し替えのお時間を取らせてしまい申し訳ございません。主人に私が粗相を働いてしまったこと、お伝えせねばなりませんので、お名前をお教えいただけますでしょうか？」

「私はロラン・バートンだ。主人にこのことを伝えたら、君が叱られるんじゃないか？」

先ほどの怒りようから打って変わって、ロランはナージャを気づかう。

ナージャは感動したように顔を輝かせて首を横に振った。

「ご心配には及びません。奥様は――私の主人であるボッツェリ公爵夫人は、とてもお優しい方ですから」

「そうか。それでも、言う必要はないよ。公爵夫人に気を遣わせてしまうからね」

「なんとお優しい……」

「じゃあ、私は着替えなければならないから、失礼するよ。君も急いだほうがいいんじゃないかい？」

そう言ってロランはウィンクした。

ナージャは嬉しそうに笑ってもう一度頭を下げ、踵を返した。――が、ロランが部屋に入ったのを確認して、近くに隠れて待機しているオパールの許へ急ぐ。

「奥様、成功しました」

「ありがとう、ナージャ。では、食堂に向かうわね」

「はい。――あ、あの詐欺師の名前ですけど、ロラン・バートンと言うようです」

「ロラン・バートン……聞いたことないわ。でも、まだ詐欺師と決まったわけじゃないものね」

「ですが、やはり要注意だと思います。私が水をかけたときは怒鳴ったのに、すぐに態度を変えましたから。私が奥様の侍女だと気づいたからだと思います。その後は気持ち悪いくらい優しくて、私の失敗を奥様に伝える必要もないって言ってました」

「では、期待通りしっかりお礼を言わないとね」

オパールは笑いながらナージャと別れ、一等客用の食堂に隣するラウンジに足を踏み入れた。

そして、誰かに声をかけられる前に真っ直ぐエリーの許へと向かう。

エリーはロランがなかなかやってこないことに苛々(いらいら)しているようだった。

「こんばんは。あなたもお一人なら、ご一緒していいかしら？」

にこやかに話しかけると、エリーは疑わしげな視線を向けてきた。

「ごめんなさい、名乗るのが先だったわね。私は――」

「知っているわ。大金持ちのボッツェリ公爵夫人でしょう？　みんなが噂していたもの」

あまりに礼儀がなっていないエリーの態度に、オパールは一瞬相手を間違っているのかと思った。

だが、エリーは自分の態度のまずさに気づいたのか、決まり悪そうに名乗る。

「私はエリーよ。エリー・クランプ。ルメオン公国からタイセイ王国まで一人旅を楽しんでいるところ」

「よろしく、エリー。……エリーと呼んでいいかしら？」

「……ええ、どうぞ。あなたのほうが身分は上だもの」

「年齢もね」

オパールはにこやかに会話を続けてはいたが、頭を抱えたくなっていた。

甘やかされた一人娘とは聞いていたが、あまりにも酷い。

（いえ、きっと陛下から私のことを先に聞いているから……でもないのかしら？）

反発心からにしては、自分の正体をオパールが知っているとは気づいていないようだ。

アレッサンドロはお目付け役のことを先に伝えていると思っていたが、ひょっとして二人の出会いさえも後で報告させて楽しむつもりなのかもしれない。

（陛下ならあり得るわね……）

オパールはあれこれ考えつつも、笑顔を絶やさなかった。

エリーのお目付け役を本当にするとなると、かなり大変だろう。

アレッサンドロは幼い頃に一度会ったきりだと言っていたが、今どんなふうに成長しているかはしっかり把握していたようだ。

手がかかるからこそ、オパールに頼んできたのだ。

そこへ、ようやくラウンジにロランが入ってきて、エリーの顔がぱっと輝いた。

「ロラン！　遅かったのね！」

「すまない、エリー。ちょっとしたアクシデントがあってね」

エリーは人目も憚らずにロランの腕にしがみついた。

オパールの若い頃と時代はずいぶん変わってきたとはいえ、さすがに婚約者でもない男性相手に馴れ馴れしすぎる。

「エリー、よければ彼を紹介してくれるかしら？」

「ええ、はい。彼はロラン・バートン。投資家よ。ロラン、こちらはボッツェリ公爵夫人」

「まあ！　あなたがバートンさんなのね？　先ほど、私の侍女がご迷惑をおかけしてしまったと聞いたわ。本当にごめんなさい。お怪我はありませんでした？　後でクルーガー船長にどの方かお聞きして、お詫びしなくてはと思っていたのよ」

「いえいえ、その必要はありませんよ。ちょっと服が濡れた程度ですから。あなたの侍女にも気にしなくていいと伝えたのですが……。さすがボッツェリ公爵夫人ですね。誠実な使用人を雇っていらっしゃる」

そう言いながら、ロランはオパールの手を取って口づけた。

本来ならずうずうしい行為だが、今はオパールが謝罪している立場であり受け入れた。

そこに無視されたままのエリーが割って入る。

「ロラン、どういうことなの？　公爵夫人とお知り合いなの？」

「いや、そうじゃないよ」

「お二人はどういったご関係なの？」

「私はロランと――」

「ただの友人ですよ。この船旅で出会って意気投合したんです」

知り合い云々の話題が出たので、オパールは二人の関係に触れた。

エリーが何と答えようとしていたのかわからないが、ロランは慌てて友人だと主張する。

それだけでもう、エリーからロランの心が離れていることが窺えた。

エリーの名誉を守ろうとしているとは思えない。

「まあ、それではお二人の友情のお邪魔をしては申し訳ないわね。バートンさん、後ほど謝罪に何か贈り物をさせてください」

「いえいえ、本当にお気になさらないでください。謝罪というなら、私のことをロランとお呼びくださるだけで十分ですよ。ああ、ですがこの後もご一緒しませんか？」

「ロラン、そんなの……」

エリーは不満なようだったが、さすがに本人を目の前にして嫌だと言わないだけの礼儀はあったようだ。

オパールは鈍感なふりをして頷いた。

「では、給仕長に頼んでくださる？　クルーガー船長には私から伝えておくわ」

「はい、もちろん」

この船の中で今一番身分が高い女性はオパールということになっている。

そのため、オパールのエスコートは船長がすることになっていた。

そしてクルーガー船長がやってくると、オパールはロランのことを話し、自然に四人のテーブルにつくことができたのだった。

8　詐欺師

「ナージャ、今日はありがとう。おかげで上手く公女殿下とロランに近づくことができたわ」

「お役に立てて嬉しいです！　いつもは奥様目当てに近づいてくる方には腹が立ちますけど、今回はそれで上手くいきましたね！」

部屋に戻ったオパールは、待っていたナージャにさっそく報告した。

ナージャは喜びながらも、オパールのドレスを脱がせていく。

オパールに限らず、身分の高い人物に近づくため、お付きの者を味方にしようとする者は多い。

そのため、ナージャもしっかり顔を覚えられ声をかけられるのだ。

今回もしナージャが許されないようなら、すぐにオパールが助けに入るつもりだったが、やはりその必要はなかった。

「それにしても、食事の間ずっと向かい合って座っていたのに、本当に顔を覚えられていなかったわ」

きっとエリーたちは、あの無礼な三等客が公爵夫人だとは思いもしないのだろう。

わかってはいたが、思い込みというものは人の判断を鈍らせるものだと、オパールはため息を吐いた。

「ほんと、失礼ですよね。奥様はどんなお姿でもお美しいのに」

「ありがとう、ナージャ。でもまあ、おかげで二人のこともわかってきたし、あと二日間で頑張ってみるわ」

相変わらずひいき目の強いナージャの言葉に笑いながら、オパールは着替えた。

今夜食事を一緒にしたことで、明日から自然に話しかけられる。

ただ、本当にロランは詐欺師なのだろうかという疑問はまだあった。

（もし詐欺師なのだとしたら、二流どころじゃないと思うわ……）

今夜の彼は軽薄な若者といった態度だった。

恋人とまではいかなくても、今まで親しくしていた女性――エリーよりもオパールと話すことに夢中になっていたのだ。

一流の詐欺師なら、はじめに狙い定めた相手より大物が現れたからといって、あんなに簡単にターゲットを変えるはずがない。

（ジュリアンの勘違いってことは……ないわよね？）

最近は投資で財を築く者も多い。

有名投資家ならともかく、オパールもすべての投資家まで把握はしていなかった。

（上流階級に仲間入りをした新興の投資家なら、訛（なま）りを隠すこともよくあるし……。でも、ジュリアンがあそこまではっきり言うのだから……）

腹立たしくはあるが、ジュリアンのことは信頼している。

クロードもだが、ジュリアンは若くても多くの経験をしてきたのだ。

(……明日の朝が勝負ね)

ベッドに入ったオパールは、これからの計画をあれこれ考えた。

他のことで頭をいっぱいにしておかないと、特に夜はクロードとリュドが恋しくなってしまうのだ。

やがてうとうとし始めたオパールは、愛しい家族の夢を見ながら深い眠りに落ちていった。

翌朝。

気持ちよく目覚めることができたオパールは、部屋で朝食をとった後、新聞を端から端までじっくり読んでいた。

どこか片隅にでもクロードの記事がないかと探す。

近々炭鉱を閉める予定だとの発表を行ったアレッサンドロの記事はあったが、領地でリュドと留守番をしているクロードの記事はなかった。

クロードたちには何事もないようで安心しつつも、一面に取り上げられていた記事のせいで気分は悪かった。

タイセイ王国のクイン通り近くで娼婦(しょうふ)の惨殺死体が発見されたのだ。

しかも同様の事件がこの四カ月で三件も起きており、連続殺人事件だと騒ぎになっているらしい。

アレッサンドロが気にしていたのはこの事件についてなのだろうかと考えながら、別の記事——尋ね人の欄に目をとめる。

(十六歳の娘、金髪、青い瞳、背は低く、体は細身……)

身体的特徴が書かれた文章を読み、つい最近も似たような容姿の尋ね人がいたなと思う。

タイセイ王国はどんどん発展しているのはいいが、都会に憧れて家出してくる若者が増えている。地方との格差をなくそうとしていても、若者たちに夢を見るなとも言えずこればかりはなかなか難しい問題なのだ。

この件に関しては帰国してから取り組まなければと頭の片隅に置いて、オパールは散歩用のドレスに着替えた。

一等客用のプロムナードデッキでは、皆が陸上の生活と変わらず朝の散歩を楽しんでいる。

(海の上でまでいつもと変わらない社交生活なんてしなくていいのに)

もちろん社交生活の中での情報交換もとても大切なものであり、船内でもビジネスの取引らしきものが行われている。

だが、暇を持て余している者がかなり多いのも事実だった。

だからこそ、船上には裕福な女性を狙った詐欺師が出現するのだ。ちなみに投資詐欺に騙される男性も多いらしい。

やはり海の上という非日常の開放感から、いつもより気が緩んでいるのだろう。

「それじゃ、行ってくるわ」

「はい。お気をつけていってらっしゃいませ」

昨夜、船長にかなりの乗客を紹介してもらったので、今回はナージャを置いて出かけた。

もう付き添いのいる立場でもなく、顔見知りばかりの船上だからだ。

（顔見知り……というにはまだ早いけれど、安心安全を提供している船長の顔を立てる必要があるものね）

オパールがプロムナードデッキに出ると、すぐに男性たちが群がってきた。

そんな彼らを笑顔でかわし、女性たちの輪に入る。

女性たちもボッツェリ公爵夫人と親しくなれると言わんばかりに喜んだ。

祖国へ帰り、主催するパーティーにオパールが出席すれば、それだけで格が上がるからだ。

もちろん、そのような体面ばかりでなく、素直にオパールとの会話を楽しんでいる女性もいた。

女性たちの話題はやはり今朝の一面記事のことだったが、オパールはさり気なくエリーの話題を振った。

すると、すぐに話に乗ってきたのは、女性たちなりに彼女の心配をしているからだろう。

「彼女はまだ独身なのでしょう？　それなのに付き添いもなく男性と過ごすなんて、大丈夫かしら？」

「ルメオン公国のいいところのお嬢さんだと聞いたわ。ご両親は何をなさっているのかしら。まさか、家出ではないわよね？」

「駆け落ちとか……？」

「そんなふうには見えないわ。あの男性も彼女の評判を考えてさしあげればいいのに」

ルメオン公国からここまでの間に、さり気なく何度か注意はしたらしい。

それでも、余計なお世話とばかりの態度を返されてしまったそうだ。

当然、エリーにも付き添い女性はいるのだが、初日に傍にいただけで、その後は一切見かけなくなったと女性たちは話していた。

「ひょっとして、海に落ちたりなんてしていないわよね？」

「まさか！　さすがにそれはないわよ」

「皆さん、彼女のことをそんなに心配されるなんてお優しいんですね。私も気になりますし、付き添い女性のことも含めて話してみますね」

徐々に醜聞めいた内容になってきたので、オパールは話を終わらせようとした。

すると、女性たちは安堵や感謝の言葉を口にしながら誉めそやす。

「公爵夫人がおっしゃってくださるなら、安心ですわね！」

「ええ。さすがに公爵夫人のお言葉ならお聞きになるでしょう。ありがとうございます」

「さすが公爵夫人ですわ。以前から様々な女性を支援していらっしゃるものね」

「――ええ。どうか皆様も団体に支援してくださると助かりますわ」

かすかに嫌味が交じっているような気もしたが、オパールは気にせず微笑んで答えた。

これで堂々とエリーたちに付きまとっても――一緒に過ごしても問題にはならない。

「それでは、失礼いたします」

根回しが終わったオパールは、さっそくエリーたちを捜しにその場を離れた。

プロムナードデッキからカフェテリアがあるデッキへと向かう。

予想通りエリーたちはそこで朝食をとっていた。

「おはよう、エリー、ロラン。ご一緒していいかしら？」

「おはようございます、公爵夫人。もちろんですとも」

「……おはようございます」

オパールがにこやかに声をかけると、ロランはすぐに席を立って給仕より先に椅子を引いてくれた。

エリーは渋々挨拶（あいさつ）を返す。

そんな彼女にはかまわずオパールはお茶を頼み、笑顔のまま二人を見た。

「とてもいいお天気ね。今日は何をする予定なの？」

「シャッフルボードでもしようかと話していたんです」

「まあ、楽しそうね！」

「よろしければ、公爵夫人もなさいませんか？」

「ええ――」

オパールの問いにロランが答え、そのまま会話を続けていると、エリーがふいにナプキンをテーブルに乱暴に置いた。

何事かとオパールとロランが見ると、エリーは不機嫌な様子で立ち上がる。

「私、今日は気分が悪いから、部屋で過ごすわ」

「エリー？」

「医務室に行かなくても大丈夫？」

「大丈夫です！　ロランもついてこないで！」

続いて立ち上がったロランの伸ばした手を振り払い、エリーはすたすたと去っていく。

その背を見送るだけのロランに、オパールが声をかける。

「追いかけて、部屋まで送ったほうがいいんじゃないかしら？」

「いえ、大丈夫でしょう。足取りもしっかりしているし、拒絶されてしまいましたからね」

ロランは肩をすくめて席に座り直した。

それからオパールに笑顔を向ける。

「お茶を飲み終わるまでお付き合いいたしますよ」

「ありがとう」

恩着せがましい言い方にも、オパールは嬉しそうに微笑んだ。

すると、ロランは給仕を呼んでテーブルを片付けるように命じ、自分にもお茶を頼む。

そのとき、先に頼んだオパールのお茶が運ばれてきた。

「ああ、ようやくお茶が来ましたね。この船のサービスはなかなかいいんですが、給仕のタイミングは今ひとつなんですよ」

「そうですか？　私には十分に思えますけど」

「いや、まあ……公爵夫人は寛大な方ですね」

ロランの横柄な言葉にオパールが驚いた、というように答えると、慌てて取り繕う。

それにはオパールは何も言わずわずかに口角を上げた。

そんなオパールの表情を笑顔と取ったのか、ロランはほっとした様子で話を続ける。

「公爵夫人は今朝の新聞を読まれました？」

「ええ。ひと通り目は通しました」

「さすがですね。エリーはあまり新聞は読まないらしいので、話がなかなか合わないんですよ」

昨夜は意気投合したと言っていたのに、ロランはもう自分の発言を忘れたらしい。

しかも、オパールを褒めるためにエリーを貶（おとし）めたのだ。

それだけで、オパールは一気にロランが嫌いになった。

「それで、新聞に何か気になる記事でもあったのかしら？　一面記事の事件は酷かったわね」

「え、ああ。そうですね。それよりタイセイ王国の国王陛下が発表された炭鉱閉鎖の記事は読まれました？」

「……読んだわ。産出量の減少が原因だとか」

「そうなんですがね。ここだけの話、私はあの炭鉱が閉鎖されることはかなり前から知っていたんですよ」

「そうなの？」

秘密を打ち明けるために前屈みになり小声で言うロランに、オパールは大げさに驚いてみせた。

途端にロランは誇らしげに椅子の背にもたれる。

「情報源は明かせませんけどね。それで、鉄道会社の——フレッド鉄道会社の株を売っておいたので助かりました」

「炭鉱閉鎖と鉄道会社と、何の関係があるのかしら?」

オパールは不思議そうに首を傾げた。

本当のところは理解しているが、今回のこととは関係がない。というより、経営には影響ないことを知っている。

フレッド鉄道会社というのは、クロードの会社だからだ。

そんなことも知らず、意気揚々とオパールに株について話すロランは二流どころか三流の詐欺師だろう。

もし本物の投資家だとしても三流以下でしかない。

「今回、閉鎖される炭鉱から採掘されていた石炭を運んでいたのが、フレッド鉄道なんですよ。要するに、運ぶものがなくなったら貨車を走らせても採算が取れません。荷を積んだ貨車を走らせなければ利益は上がりませんからね。フレッド鉄道の株価は明日には下がっていますよ」

「まあ、それは大変!」

「ひょっとして、フレッド鉄道の株をお持ちでしたか?」

「ええ。少しだけ……」

オパールは筆頭株主であるクロードの次に保有している主要株主である。

ショックを受けたように答えたオパールに、ロランは励ますように続けた。

「もしかしたら、今回の損失を取り返せるかもしれませんよ」

「そんなこと……可能なのかしら？」

いったい今度は何を言い出すのだろうと、オパールは内心でわくわくしていた。

その気持ちが表に出てしまい、期待するような表情になる。

それがさらにロランを調子付かせたようだ。

ロランは言うべきかどうしようかと、悩んでいるようにもったいぶる。

「教えてくださったら、それなりのお礼はするわ。ああ、でもお金では無理かしら。ロランはやり手の投資家なんですものね？」

「はは。お礼などはいりませんよ。ちょっとした情報ですから」

「そういうわけにはいかないわ」

金銭でのお礼などと無粋なことをオパールが口にしても、ロランは気にした様子はなかった。

新興投資家や事業家の中には金銭ですべてを解決する者も多いので、ロランが不快に思わなかったのはわかる。

だが、情報を無料で提供しようなどとは、よほどのお人好しか詐欺師しかいないだろう。

「では、昼食を一緒にとると約束してください。私はそれまでに情報の再確認をしておきますから」

「情報の再確認？」

「ええ。あなたに嘘をお教えするわけにはいきませんからね」

「そこまでしてくれるなんて……。やっぱり何かお礼をしたいわ。考えておいてくれるかしら？」

「わかりました」

「ではまた、昼食時に」

もっともらしく説明するロランに、オパールは感動したような表情を見せて席を立った。

礼儀として立ち上がるロランの顔は得意げだ。

オパールはにっこり微笑んで、カフェテリアを去っていった。

9　昼食

「こんにちは、エリー、ロラン。遅くなってしまって、ごめんなさい」

オパールはわざと昼食の始まる時間より遅くにエリーたちの許へ向かった。

先にオパールがいれば、またエリーは拗ねて部屋に籠もってしまうと思ったのだ。

「いえ。それほど遅くありませんよ、公爵夫人」

「私たちはもう食べ始めているから、別の席にいらっしゃってはどうですか、公爵夫人？」

「エリー、失礼だよ。どうぞ、お気になさらないでください」

立ち上がって歓迎してくれたロランと違って、エリーはあからさまに不満げだ。

ただエリーの発言もあながち間違ってはいないので、オパールは申し訳なさそうに微笑んで席についた。

「身分の高い方は何をしても許されると思っているのね」

「エリー！」

エリーは呟くように言ったが、しっかりその言葉は耳に届いた。

ロランが厳しい口調で名前を呼び、怒りをあらわにする。

だが、オパールは微笑んだまま問いかけた。

「あなたはそう思うの？」

「ええ、そうよ。あなたはどこでも歓迎される。だけど、裏で何を言われているかわかったものじゃないわ。呑気なものね」

「心配してくれているの？」

「違うわ！」

「そう。でも、私が裏で何を言われているのか知っているのに、エリーはご自分の行動についてどう考えているの？　付き添いのご婦人をお見かけしないけれど、大丈夫なの？」

オパールのことを未だにふしだらだの二人の公爵を誑かしただのと噂する人がいることは知っている。

エリーも聞いたことがあるのだろう。

ひょっとしてこの船で耳にしたのかもしれないが、それならなおさらエリーは行動を慎むべきなのだ。

それをオパールに遠回しに指摘されて、エリーは顔を赤くした。

エリーは十九歳らしいが、反抗期には遅すぎる。

（まあ、私も似たようなものだったけれど）

オパールは十九歳になる年に、ヒューバートと――マクラウド公爵と結婚したのだ。

生意気で頑固だったあの頃の自分を思い出し、オパールはわずかに顔をしかめた。

今さらながら恥ずかしい。

そんなオパールの表情を誤解したのか、エリーではなくロランが慌てて言い訳を始めた。

「ち、違うんです！　私とエリーはただの友人で、何もやましいことはありません！　付き添いのご婦人が酷い船酔いで部屋から出られないために、エリーは退屈していたから一緒に過ごしていただけですよ！」

「ロランは親切なのね」

「ええ。ロランは親切よ。とってもね！」

オパールが穏やかな表情で納得したように頷（うなず）くと、ロランはほっとする。

しかし、エリーは涙目になりながらオパールをキッと睨（にら）みつけると、また乱暴に立ち上がって去っていった。

「また、怒っていってしまいましたね」

「追いかけたほうがいいんじゃないかしら？　ショックを受けているみたいだもの」

「大丈夫ですよ。エリーの我が儘は今までにもあって、拗ねるとすぐに部屋に籠もってしまうんです。それよりも、あなたとの約束を守るほうが大切ですからね」

「……情報の確認はできたの？」

「もちろん」

「それは楽しみだわ」

ロランのいい加減さに苛立ちながらも、オパールはにっこり笑った。

実際、どんな情報なのかは気になる。

先ほどロランが言っていた、炭鉱閉鎖については、産出量が減っていたことは公開されている情報であり、誰もが予想できることだった。

後はタイミングの問題だったのだ。

そのため、閉鎖後の様々な問題とは別に、フレッド鉄道の経営についてはすでに対策を講じてある。

今までのフレッド鉄道の経営方針を理解し、状況を注視していた者なら、それさえも予測しているはずで、株価の下落は一時的なものにしかならない。

むしろ、これを好機とばかりにやり手の投資家は買いに走るだろうことから、すぐに反発して急騰するだろう。

「実はですね、ここだけの話なのですが、ルメオン公国で新たに鉱山が見つかりましてね。埋蔵量も申し分ないとの調査結果も出ております」

「そうなの⁉」

とりあえず、オパールは驚いたふりをした。

まさかアレッサンドロが新鉱山の鉄道事業に関わるようクロードに命じたことは漏れていないはずである。

だとすれば、ルメオン公国の新鉱山がどうフレッド鉄道の株価の話に繋(つな)がるのか、オパールは純粋に興味を引かれた。

「そこまで驚くことではないですよ。ルメオン公国は多くの鉱山を有していますからね。それがあの小さな国の大きな財源となっています。そのため、今まで採掘は国の管理下で行われていたのです」

「それは……管財人から聞いたことがあるわ」

「公爵夫人は管財人を雇われているのですね……」

「ええ。私にはお金の管理ができないもの」

オパールに管財人がいると聞いて、ロランは残念そうに呟いた。

管財人がいては大金を一気に引き出すのが難しいからだろう。

引き出すにしても理由がいる。

オパールはロランの様子に気づかないふりをして、無邪気に頷いた。

「もちろんすべてを任せているわけではないわ。自由に使えるお金がないと困るもの。一々報告するのも面倒でしょう？」

「そうですよね！　わかりますよ」

オパールが付け加えた内容に、ロランはぱっと顔を輝かせた。

こんなに顔や態度に出して本当に詐欺師なのかと、また疑わしくなってくる。

「話が逸れてしまいましたね。これはあなたの管財人も絶対に知らない情報ですが、今回見つかった鉱山の採掘は、どうやら民間に委託するらしいんです」

「民間に？　どうしてかしら」

「民衆から、国が財産を独り占めしすぎだと不満の声が上がっているからですよ。労働者への還元が少ないとね」

「まあ……」

その内容は事実だ。

オパールもルメオン公国に滞在して、民衆の不満が募っているのは肌で感じ、危機感を抱いたのだから。

鉱石の輸出で国はかなり潤っているはずなのに、国民への還元がまったくないのだから当然だろう。

それでも、採掘を民間に委託するなどという話はあり得なかった。

「民間に委託するために、公国は事業者を選ばなければならない。しかし、他国の事業者が入ってきたら、民衆の不満はさらに募るだけです。そこで、公国内の事業者を選びたいところですが、今のところめぼしい者がいないのが問題なんです。そこで、私の友人が新しく採掘専門の会社を立ち上げることにしたんですよ」

「なるほど……」

要するに、ロランはその会社に投資させようとしているのだ。

今の話はかなり説得力があり、騙されるのもわかる。

ただし、ルメオン公国が鉱山の採掘を民間に委託する予定がないことを知っていなければ、だが。

「お話はわかったわ。ロランがそんな極秘情報を知っていたのも、そのご友人から聞いたからなのね。それで、私はどうすればいいの？」

「近々、友人が会社設立のために資金を募ります。それに出資してくだされば、採掘が始まったとき、大きく還元できるというわけです」

詐欺の手口はわかった。

採掘は永遠に始まらないのだから、還元されるわけがない。

噂で聞いていたようなロマンス詐欺——結婚などを約束してお金を騙し取る手口とは違うのは、ターゲットをオパールに変更したからか。

（でも、そんなに器用にも思えないのよね……）

何となくロランと話しているとチグハグな印象を受ける。

そこでふと、指示役がいるのではないかと思い至った。

（それなら、もったいぶっていたというより、どうすればいいかわからなかったのかもしれないわね。それで情報を確認する時間が必要だったということ？）

オパールはさり気なく周囲を見回した。

仲間が二人を見張っている可能性があるからだ。

残念ながら、それらしき人物は見当たらなかったが、オパールはずっと気になっていたことを訊（たず）ねた。

「ロラン、教えてくれたお話がとても魅力的なことはわかったわ。でも、それとフレッド鉄道の件とはどう関係があるのかしら？　損失を取り戻せるというのは？」

「ああ、ええ。ですから、ルメオン公国の採掘権を手に入れれば、その投資の儲（もう）けでフレッド鉄道の損失よりも大きな利益を得ることができるでしょう？」

「……なるほど」

オパールは拍子抜けして、ぽつりと納得の言葉を呟いた。

てっきり今後高値を更新するだろうフレッド鉄道の株を安値で買い取ると言い出すのかと思っていたのだ。

もしくは、ルメオン公国の新たな鉱山の採掘権を手に入れれば、そこまでの鉄道事業をフレッド鉄道に委託するとの嘘をつくなど。

どうやら仲間がいるならそれも含めて、この詐欺師は三流らしい。

それでも服装や振る舞い、一等船室に乗船できるだけの財力を考えると、今までは上手くいっていたのだろう。

「――それでは、いつまでにどれくらい投資すればいいの？」

「できるだけ早いほうがいいでしょう。その分、会社設立も早くなり、採掘権を得るのに有利になりますから。投資金額もできるだけ多いほうが、還元も多いですよ」

「……それじゃあ、管財人に連絡して――」

「ダメですよ。これは極秘の情報なんですから、これほどの儲け話を管財人に話せば、他に知られてしまう可能性が高くなります。そうなると、投資家が押し寄せて分配が少なくなります。また競合他社が増えて採掘権を得ることさえ難しくなるかもしれないでしょう?」

「でも、すぐには……」

他人に話すな、急げ、というのは詐欺の常套手段(じょうとうしゅだん)である。

甘いところが多々あり、投資家として未熟なだけかと思わないでもなかったが、やはりこれは詐欺なのだろう。

なかなかない経験ができたなとオパールが感動さえしていると、迷っていると思われたらしい。

ロランが必死さを隠そうとしながら、テーブル越しに顔を寄せて囁(ささや)いた。

「本当はこんな儲け話、誰にも言うつもりはなかったのですが、公爵夫人だからお教えしたのです」

「……ありがとう。嬉(うれ)しいわ」

「では、投資されますか?」

「そうね……。私だけで用意できる金額でかまわないかしら?」

「もちろんです。あなたと一緒に事業に参加できるなんて、とても幸せです」

「それはよかったわ」

あなただから、あなたと一緒に、という言葉も詐欺の常套句だ。

オパールはにっこり笑って、ナプキンを置いた。

「もうすぐ港よね。そこで銀行に連絡を入れるから、明日の寄港地でお金を受け取れるようにしておくわ」

「では、私はそのお金を――投資金を受け取ったら、ルメオン公国に引き返します」

「あら、タイセイ王国まで一緒に行かないの？」

「友人にできるだけ早く届けたいですから」

「そうだったわね。では明日、その会社の証券かそれに代わるものを渡してくれるのよね？」

「は、はい。もちろんです！」

ロランの慌てように、オパールは眉をひそめそうになった。

まさか証券も何もなしにお金を受け取れると思っていたのだろうか。

だとすれば、やはり投資詐欺を働くには甘すぎる。

「……それでは、失礼するわ。下船の準備をしないと」

「そうですね。私も友人に連絡を入れるために下船します」

「それではまた、夜に」

「わかりました」

もうすぐソシーユ王国での次の寄港地に到着する。

ここでも一晩停泊し、明朝に出航するのだ。

オパールはカフェテリアを出ると、急いで部屋へと向かった。

やるべきことが多すぎる。

今回は下船はせず船内で過ごすつもりだったが、ナージャや護衛に予定変更を伝えた。

また、ロランの仲間がいるならそれも探ってくれるよう頼む。

エリーについては、心配しなくてもアレッサンドロが密かに護衛をつけているだろう。

「それでは、ちょっとばかり忙しくなるけどいいかしら、ナージャ？」

「はい！　お任せください」

ナージャに着替えを手伝ってもらい、下船の準備を整える。

そして、オパールはナージャとともにメインデッキへと向かった。

10　銀行

翌日。

ソシーユ王国最後の寄港地で、オパールはロランとともに下船した。

エリーは昨日から部屋に籠もったきりらしい。

他の女性たちからは、エリーとロランを上手く引き離したことを賞賛されたが、オパールは素直に喜ぶことはできなかった。

（そういえば、私も屋根裏部屋に籠もったわね……）

あの苦い過去を思い出し、オパールは顔をしかめた。

三等客としてエリーたちに出会ったとき、それほどエリーがロランに熱を上げているとは思えなかった。

しかし、ロランがオパールと親しくなったことでショックを受けているなら、気の毒ではある。

どうかプライドが傷ついただけでありますようにと、オパールは願っていた。

「公爵夫人、どちらに行くんですか？」

「銀行よ」

「銀行？」

「ええ。お金はそんなに持ち歩かないでしょう？　ひとまず五千万用意しておくように伝えてあるわ」

「ごっ、五千万⁉」

オパールは用意していた馬車に乗り込みながら、ロランの質問に答えた。

銀行と聞いて警戒したロランだったが、オパールが口にした金額に飛び上がらんばかりに驚く。

「少なかったかしら？」

「い、いいえ！　ですが、管財人には秘密にしてほしいと……」

「その約束は守っているわよ。だから、私が個人で動かせる金額にしたの」

「個人で……」

呆けたように呟きながら、ロランはオパールに続いて馬車に乗り込んだ。

手配した馬車もまた豪奢なものを選んだので、ロランは座面をおそるおそる撫でている。

その様子をこっそり窺いながら、オパールは今後のエリーについて考えた。

ロランとはお金を渡した後、別れることになっている。

当然、後を付けさせるので、ロランのことはそのうち証拠を得て捕まえることができるだろう。

しかし、エリーはそのことを知らない。

一緒にタイセイ王国まで行くはずだったロランが乗船してこないことを知ったエリーの反応が心配だった。

(気が強いとは聞いているけれど、恋をすると変わることもあるし……)

ロランが興奮した様子でこれからの会社の事業展開をぺらぺら話していたが、オパールはだんだん苦痛になってきていた。

真面目に聞いていても突っ込みどころが多すぎ、だからといって指摘するわけにもいかず、感心したふりをする。

隣に座るナージャはそんなオパールの様子に気づいているのか、俯いて笑いを堪えているようだった。

「そうそう。大切なことを聞くのを忘れていたわ。資金は現金よりも為替のほうがいいかしら?

大金を持ち歩くのは大変でしょう?」

「え？　あ、いいえ。現金で大丈夫ですよ。十分に気をつけますし、煩雑な手続きをするよりも、現金のほうが早く友人に渡せますから」

「わかったわ」

為替だと換金の際に足がつく可能性が高いので、現金を選ぶだろうということはわかっていた。

本当に投資するつもりなら、手続き云々よりも安全性を重視するはずである。

これで騙されてきた人たちは、事業や金融関係に疎いのだろう。

（新聞にでも詐欺師に騙されない方法や、疑わしい情報を載せるべきね）

オパールがそう思いついたとき、目的の銀行に到着した。

この港町で最近支店を出したばかりの銀行は異国の神殿を模した造りで、周囲の建物を圧倒している。

小さな港町でしかなかったここも、近年貿易の中継点として栄え始め、発展途中といった様相だった。

時代が大きく変わっていく中で町も人も格差は大きくなり、貧富の差も激しくなっている。

貴族たちも今までのようには生活できなくなっているのだが、未だに働くことをよしとしない者が多い。

そんな者たちの不満と怨嗟（えんさ）が渦巻く中、アレッサンドロは上手く国を治めていた。

だが、世界には厳しい状況に陥っている国もある。

「ボッツェリ公爵夫人、お待ちしておりました。私は支店長のマーヤムと申します」

町並みを見回しながらオパールが考えに耽っていると、銀行の中から急ぎ数名の男性が駆け出てきた。

その中で一番偉そうな……堂々とした男性の挨拶に、オパールは微笑んで答える。

「お忙しいでしょうに、わざわざごめんなさい。大して時間は取らせないわ」

「我々どもの時間をお気になさる必要はございませんよ。さあ、こちらへどうぞ」

エリーが言ったように、いつだってオパールは歓迎される。

しかし、それはオパール・フレッドという人物ではなく、ボッツェリ公爵夫人でルーセル侯爵夫人、そのほか様々な称号を持った資産家だからだ。

当然、オパールはその立場に求められているものを理解している。

若い頃は反発もあったが、今は利用できるものはとことん利用するつもりだった。

変な意地を張っても仕方ない。

オパールは目の前のことに集中すると、緊張するロランに先だって支店長の後についていった。

銀行内はその外観に相応しく、柱などにも彫刻が施されており、ちょっとした異国へ来たような気分になれる。

さらには一般の利用窓口のある正面から奥へと続く扉を抜けると、廊下には赤い絨毯が敷かれており、特別応接室へと繋がっていた。

わざわざ一般の利用窓口を通る必要はなかっただろうが、オパールたちに自慢したかったのだろう。

その気持ちを汲んでオパールが誉め言葉を口にすれば、支店長は満足げに笑った。

この銀行は最近、急成長しているのだ。

そして、特別応接室へと入ると、一人の男性が待っていた。

「ボッツェリ公爵夫人、紹介します。彼は証書を扱う役人でジョナサン・ケンジット卿です」

「役人……？」

支店長の紹介に、ロランの怯んだ声が聞こえた。

かまわずオパールは挨拶の手を差し出す。

「こんにちは、ケンジット卿。今日はよろしくお願いいたします」

「かしこまりました、公爵夫人」

オパールはジョナサン・ケンジット——叔父とにっこり微笑み合って握手を交わし、そこでようやくロランを紹介する。

「皆さん、紹介が遅くなりましたが、彼がルメオン公国の投資家、ロラン・バートン氏です」

「は、はじめまして……」

ロランはおそるおそる支店長や叔父と握手を交わす。

役人と聞いて、詐欺行為が露見するのを恐れているのだろう。

ジョナサン・ケンジットが法務官だと知れば、すぐにでも逃げ出すかもしれない。

そこで、オパールは安心させるように説明した。

「ロラン、ケンジット卿は念のために来てくださったのよ。これから私が署名する証券に不備があっては困るでしょう？　でもケンジット卿が立ち会ってくだされば、公正な取引だとみなされるから心配いらないもの」

「あ、ああ。それは助かるね。何せ、友人は事業立ち上げに精いっぱいで、抜けているところがあるかもしれない」

ロランは異様な汗をかきながら答え、鞄から証券を取り出した。

テーブルに置かれたそれに皆が黙ったまま目を通す。

証券としては拙く、ミスも何か所かあるものの、取引が成立しないほどではない。

本来ならミスを修正して新しく発行し直すところだが、誰も指摘することなく、オパールが金額を書き入れ署名した。

「支店長、お願いしたお金を」

「かしこまりました。ですが、現金のままで本当によろしいのですか？　為替ではなくとも、当行で新たに口座を開いていただき入金してくだされば、現金を持ち歩く必要はありませんよ？」

「いや、それは……」

支店長が命じた部下が、頑丈そうな鞄をテーブルの上に置く。

それから支店長が鞄を開け、確認を求めながらロランに提案した。

ロランは声の震えを抑えることができないようだ。

オパールはロランの不審な動きを誤魔化すように声を出して笑った。

「さすが支店長ですわ。そうやって新たな顧客と預金を獲得しようとなさるなんて」

「いやいや、そんなに深読みしないでください。ただご提案申し上げただけですよ」

この場が笑い声で和み、ロランの緊張もほぐれたようだった。

なぜ詐欺師のフォローをしているのか、オパールは馬鹿らしくなりながらも金額の確認を終えた。

すると、ジョナサンが一枚の書面をロランの前に置く。

「こ、これは……？」

「ご覧の通り、取引成立書ですよ。金額が大きい場合に必要でしょう？　その証券を公爵夫人に渡した、と証明するものですから。何か不備がありましたか？」

「あ、ああ！　そうだな。もちろん大丈夫だ」

「では、こちらにご署名を」

ジョナサンに促され、ロランは内容を確認することなく署名する。

続いてジョナサンが署名し、オパールへと渡した。

「では、これで取引は成立いたしました。双方のためにも無事に事業が軌道に乗ることをお祈り申し上げます」

ジョナサンの宣言で取引は終わり、ロランは鞄を抱えるように持った。

すると、支店長が声をかける。

「やはり大金ですからね。銀行から出てきた方を付け狙う破落戸（ごろつき）もいますし、せめてバートン氏が船に乗るまで護衛をつけましょう」

「へ？」

「そうですね。私もそれがいいと思います。ロラン、よかったわね？」

「あ、ああ。うん。助かります」

支店長にも事の次第は伝えて協力してもらっているのだが、この心配は本物だろう。

詐欺師としてロランを捕まえる前に、証拠となるお金を奪われてしまってはどうしようもない。

ロランもほっとしたようだ。

「それでは、今日はありがとうございました」

「ボッツェリ公爵夫人、今後とも弊行をよろしくお願いいたします」

「公爵夫人、またお会いできる機会を楽しみにしております」

オパールが立ち上がると、皆も立ち上がって深々と頭を下げた。

叔父の楽しげな表情に、オパールも微笑み返してロランと共に部屋を出る。

そして赤絨毯の上を進みながら、ロランにも笑顔を向けた。

「ロラン、ここで一度お別れだけど、また次に会えるのを楽しみにしているわ。ルメオン公国に着いたら、ひとまず連絡をくれるかしら？　宛先(あてさき)はタイセイ王国ルーセル侯爵邸で届くから」

「わかりました。公爵夫人、いろいろとありがとうございました。あなたに出会えた幸運に感謝します」

「感謝なんていらないわ。それじゃあ……」

銀行を出ると、オパールの馬車とは別に、簡素な馬車が待っていた。

馬車の側には強面の護衛らしき男たちが三名いる。

「バートン氏はあちらにお乗りください」

「ありがとう。それでは公爵夫人、この後も旅の安全をお祈りしております」

「ありがとう。ロランも気をつけてね」

見送りに出てきた支店長に促され、ロランは簡素な馬車へと乗り込んだ。

オパールよりも先に馬車に乗り込んだのは、一刻も早くこの場から離れたいからだろう。

その予想通り、手を振るオパールを残して早々に出発させる。

「オパール、あまり無茶をするんじゃないよ」

ロランの馬車が去ると、ジョナサンが心配して声をかけてきた。

「叔父様、今日はわざわざありがとうございました。今回のことは成り行きだけれど、ジュリアンに挑発されたんだもの。乗らないわけにはいかないわ」

「またお前たちはそうやって……」

オパールがお礼とともに言い訳をすると、ジョナサンは呆れたようだ。

やれやれといった様子でため息を吐く。

「とにかく、後のことは我々に任せて、オパールは無事に帰ることだけ考えなさい」

「わかりました。叔父様もあまりお仕事に根を詰めすぎないでね」

「ああ、ありがとう。それじゃあ、クロード君によろしく伝えてくれ。またリュドも連れて遊びにおいで」

「ええ」

オパールはジョナサンとの別れを惜しみつつ、馬車に乗った。

そして見送るジョナサンに窓から手を振り、港へと戻っていった。

11　公女

この日は一泊することなく、船は夜に出航した。

明日の朝にはタイセイ王国にいよいよ到着する。

オパールは夕食を終えて部屋でくつろぎながら、エリーのことを改めて考えていた。

夕食の席にもエリーは現れなかったのだ。

そのとき、特等室の扉がノックされ、応対に出た従僕が意外な人物の来訪を告げた。

「あなた、わざとロランを誘惑したのね⁉」

「誘惑？」

「ロランにお金を渡して、私と別れるように言ったんでしょう⁉　ロランはお金に困っていたから！　私が貸してあげるって言ったのに、私よりもあなたのほうがお金持ちだから！」

入ってくるなりエリーはまくし立て、案内してきた従僕は固まってしまった。

ナージャは怒りにぷるぷる震えていたが、さすがに口を出せずにいる。

ただ何かあったらオパールを守ろうとかまえていた。

オパールは従僕に大丈夫だから下がるように目で合図を送り、開いたままだった本を閉じた。

「まずは座ったらどうかしら？」

「どうして私が座らないといけないのよ！」

「では、立ったままどうぞ。ナージャ、お茶の用意をお願い」

「別に私はあなたとお茶を飲むつもりで来たわけじゃないわ！」

「私があなたの苦情を聞かされる間に飲みたいのよ」

「何ですって⁉」

いきり立つエリーをオパールは冷静に見つめた。

すると、エリーがはっとする。

「あなた！　三等客として乗っていたでしょう⁉　私を見張っていたのね！」

「よく気がついたわね。でも、別に見張っていたわけじゃないわ。私は三等船室も利用したかっただけ」

「嫌な女ね！　そうやって何でも上から目線で！」

「今は見上げているけれどね」

何度も顔を合わせたというのに、ロランは最後まで気づかなかった。

気づいたエリーには素直に感心したのだが、余計に怒らせてしまったらしい。

こんなにあからさまに嫌悪を向けられるのは久しぶりで、オパールはちょっとだけ楽しくなっていた。

ボッツェリ公爵夫人はまるで聖女のようだと世間では――目の前では崇められてばかりで、息苦しく感じていたのだ。

自分に欠点があることはわかっている。

その欠点も含めてクロードが好きだと言って甘やかしてくるので、なかなか直せない。

今、オパールにあれこれ言うのはジュリアンくらいだろう。

エリーは冗談っぽくオパールに返されたのが気に入らなかったのか、ぐっと顔をしかめてどすんと正面に座った。

その予想外の行動に、オパールは驚きつつも一気に好感を抱いた。

（素直じゃないというか……可愛いわ）

三等客として過ごしていたときは、あの一回だけしか接していないが、この三日間の態度を見ていると、ただの甘やかされたお嬢さんといった印象だった。

悪意があるわけではなく、ただ世間知らずで我が儘、そして純粋なのだ。

そのため、ロランに引っかかったのかもしれない。

そして、自分が騙されかけたことに気づいていない。

ロランがどうやってエリーに近づいたのか、アレッサンドロが密かにつけているはずの護衛に後で聞いてみたくなった。

「叔父様に命令されて見張っていたの？」

エリーは座ったことで少し落ち着いたらしい。

未だにオパールを睨んではいるが、問いかける口調はおとなしくなっている。

「アレッサンドロ陛下に命令はされていないし、見張っていたわけではないわ。気にはしていたけれど」

「似たようなものじゃない。それで、私とロランを別れさせようとしたのね？」

「別れさせると言うけれど、そもそもあなたたちの関係は何？　婚約していたなんて聞いていないけれど」

「婚約予定だったのよ！　ロランのこと、叔父様に紹介するつもりだったんだから！　ロランも私をご両親に紹介してくれるって！」

痛いところを突かれたからか、エリーは再び声を荒らげた。

それでもオパールは冷静に問い返す。

「では、以前から付き合っていたの？　どこでロランと出会ったの？」

「詮索しないでよ！　あなたに報告義務はないんだから！」

「それもそうね。でも結局、彼はあなたよりもお金を選んだってことだから、どうでもいいわね」

「しっ、仕方なかったのよ！　彼は急いでお金が必要だったんだから！　私はお金を引き出すのに手間がかかるし、そんなに用意してあげられそうにもなかったから！」

「あなたがいくら用意できたというの？　お小遣い程度でしょう？」

ロランがエリーを騙そうとした手口を知りたくて、オパールはわざと嫌な言い方をした。

すると、エリーは真っ赤になる。

「そ、それは……ひ、百万よ！　でも、宝石を渡すつもりだったわ！」

「彼にあなたの宝石を渡しても、出所を疑われて困るだけでしょう？　そもそもどうやって返してもらうつもりだったの？」

「宝石は質に入れるだけだって言ってたわ。宝石を預けたら、お金を貸してくれるところよ」

「質については知っているわ。それよりも、借りたお金は返さないといけないでしょう？」

「当然よ。馬鹿にしないで。ロランはタイセイ王国にお屋敷を持っていて、それを売るつもりだったのよ。でも、お屋敷を売るには手続きなどで時間がかかるから、困ってるって」

急いでお金を用意しないといけないのに、呑気（のんき）にこの客船を利用するなど馬鹿げている。

普通の定期船ならルメオン公国からタイセイ王国まで二日で移動できるのだ。

そんな簡単な矛盾にも気づかないくらい、エリーは世間知らずなのだろう。

間違いなく、ロランはタイセイ王国に屋敷など持っていない。

「……ロランは何のためにお金が必要だと思っているの？　百万やそこらでは無理よ」

「で、でも、助かるって言ってたわ！　鉱山の採掘権のためには、会社設立が少しでも早いほうがいいからって」

エリーに持ち掛けた話も、オパールに語ったものと同じらしい。

女性には病気の親の治療費とかのほうが献身的な息子だと受けがいいらしいのだが、それは豪華客船での旅の途中では使えないからだろう。

ただ、話の切り出し方がオパールとは違うようだった。

資産家であるオパールの興味を引くために、アレッサンドロが発表した鉱山閉鎖を利用しようとして、かえって墓穴を掘ったわけだ。

「それに、私ならお金じゃなくても、ロランを手助けしてあげられたもの」

「本気で言っているの？」

驚くべき発言をしたエリーをまじまじと見て、オパールは優しく問いかけた。

エリーは自分の言葉で自信を得たように胸を張る。

「ええ、そうよ。タイセイ王国に着けば、ロランにだってそれがわかったはずだわ。もちろん、あなたの態度だって、許さないんだから」

「……エリー。いいえ、エリーザ・ルメオン公女殿下。あなたは公女として、将来の君主として最低の発言をなさったことを自覚されるべきです」

オパールはこれまでにない厳しい口調で言い放った。

そして、笑みを深める。

「決めました。私、アレッサンドロ陛下のご要望にお応えして、公女殿下のお目付け役を引き受けさせていただきます」

12　帰宅

オパールがナージャや他の使用人たちと舷梯(げんてい)を下りているとき、すぐ近くにボッツェリ公爵家の馬車が止まっていることに気づいた。

そして、視線を舷梯のたもとに向ければ、クロードが待っている。

オパールは駆け下りたい気持ちを抑え、笑顔で手を振った。

「――クロード！　迎えに来てくれたのね！」

「ああ。早く会いたかったからな」

陸地に下り立ったオパールは、クロードへと駆け寄った。

途端に強く抱きしめられる。

オパールは笑いながらも、クロードの腕の中から馬車のほうへと首を伸ばした。

「……リュドは？」

「残念ながら、お留守番だよ」

「そうよね」

クロードの返事を聞いたオパールは表情を曇らせた。

「王都の屋敷でね」

しかし、続いた言葉にぱっと顔を輝かせる。

「リュドもオパールに早く会いたいだろうと思ってね。だが、あまり連れ回すと疲れるだろうから、屋敷までにしたんだ」

「ありがとう、クロード。リュドにもうすぐ会えるなんて嬉しいわ」

クロードに促されて馬車へと足を向けたとき、後ろから盛大に鼻を鳴らす音が聞こえた。

この場でそんなお行儀の悪いことをするのは一人しかいないだろう。

振り返れば予想通り、エリーが立っていた。

「クロード、彼女はエリーよ」

「ああ、あなたが――」

「挨拶はけっこうよ。どうせまた会うんだからそのときにして」

そう言って、エリーは背を向けて迎えの馬車へと向かった。

今の行動はどう見てもかまってほしかったとしか思えない。

「素直じゃないわね」

「彼女とのことは、だいたい聞いてるよ」

「誰から？」

「……ジュリアンが昨日、急にやって来たんだ。俺とリュドは一昨日から王都に滞在していたから」

「私に詐欺師を押しつけて、自分はさっさとリュドとクロードに会うなんて腹立つ！」

その場で地団駄を踏みそうな勢いでオパールが怒ると、クロードは苦笑した。

オパールからも手紙で知らされてはいたが、クロードはジュリアンからさらに詳しい話を聞けたのだ。

ジュリアンはオパールと港町で別れた後、ロランについて知人を通じて調べたらしい。

オパールはきっと公女を詐欺師から助けるために悪者になるだろうともジュリアンは言っていた。

「クロード、実はね……」

「公女殿下のお目付け役を引き受けることにした？」

オパールが言いにくそうにしていたので、クロードが先を続けた。

アレッサンドロの呼び出し理由を聞いたときから、クロードにはこうなることはわかっていたのだ。

オパールはよくクロードのことをお人好しと言うが、オパールのほうが重度のお人好しである。

「やっぱりわかった？」

「そりゃね。陛下がわざわざお願いなさるほどの方なんだから、オパール以外にはできないだろうし、オパールも放っておけないだろうなと思っていたよ」

「それで、リュドまで連れて王都に出てきてくれたの？」

「一番はオパールに早く会いたかったからだよ。でも、当分王都に滞在できるだけの荷物は持ってきたから安心して」

クロードはオパールを抱き寄せ、頬にキスをした。

先に馬車の前で待っていたナージャがにんまり笑う。

オパールは顔を赤くしながらも文句を言うこともできず、そそくさと馬車に乗り込んだ。

「ただ、犬のクロードは領地で留守番にしたよ。王都で過ごすよりも、あそこのほうがのびのび暮らせるからな」

「それはそうね」

馬車が走り出し、犬のクロードについて聞いたオパールは納得した。

王都ではリードを放すことはできず、思いっきり走らせることができない。

領館ではよく世話をしてくれる従僕にかなり懐いているので、寂しい思いもしないだろう。

本音を言えば犬のクロードにも会いたかったなと思っていると、隣に座った人間のクロードがオパールの手を取り口づけた。

オパールは驚きつつも微笑んで、クロードを見つめる。

そこにナージャの小さな声が聞こえた。

「見てません。見てません」

ナージャは両手でしっかり目を押さえている。

久しぶりのナージャの呪文に、オパールとクロードは笑った。

その後、汽車に乗り換えて王都に到着し、屋敷まで再び馬車に乗ったときも、オパールはクロードと手を繋(つな)いでいた。

そして、ルーセル侯爵邸に到着すると、馬車から降りて玄関へ急ぐ。

玄関には執事のジョーゼフと一緒にリュドが乳母のアーシャに抱かれて待っていたのだ。

「リュド！」

オパールが手を伸ばせば、リュドも応えて手を伸ばす。

小さく柔らかな体を抱きしめると、リュドがきゃっきゃっと笑いながら、オパールの髪の毛を引っ張った。

その痛みさえも愛しい。

「リュドのことは愛しているけど、永遠のライバルだよな」

オパールがリュドを抱っこして、その頬にキスしていると、後から階段を上ってきたクロードが楽しそうに呟く。

そしてクロードもまたリュドにキスをすると、オパールの腰に手を当て屋敷の中へと導いた。

「リュドのお昼寝はまだよね？」

「はい」

「ごめんなさいね。私を迎えてくれるために遅らせたのでしょう？　今からお願いできる？　私も着替えたらすぐに行くわ」

「かしこまりました」

「ありがとう、アーシャ」

オパールは正階段の前までリュドを抱っこしていたが、名残惜しそうに乳母のアーシャに託した。

いつもなら、リュドはお昼寝をしている時間なのだ。

自分のためにリュドの生活リズムを変えたことは申し訳なかったが、嬉しいのも事実である。

「オパール、帰ったばかりで大丈夫か？」

「ええ、大丈夫よ。ありがとう、クロード。すぐに着替えてくるわね」

「じゃあ、寝かしつけは一緒にするよ。俺だって、オパール不足だからな」

クロードは正階段を一緒に上り、オパールの部屋の前まで送った。

そして今度は唇にキスをして、扉を開ける。

「それじゃあ、また後で」

「ええ……」

クロードに促されて部屋に入ったオパールの顔は赤くなっていた。

結婚して二年にもなるのに未だにクロードの愛情表現に慣れない。

嬉しくはあるので、オパールもできるだけ気持ちを表現しようと思っても、せいぜい手を繋ぐくらいしかできなかった。

「まだまだね……」

気持ちではクロードに負けていない自信はある。

きっとクロードは気にしていないだろうが、オパールはもっと自分から何かしたかった。

（リュドにならいくらでもキスできるのに……）

それでもリュドが大きくなれば、そのうち母親からの愛情表現は嫌がるようになるだろう。

それが成長というものだが、今から寂しく思ってしまう。

そんな自分がおかしくなって笑いながら、簡素なドレスに着替えた。

潮風に当たったせいで気持ち悪いので、髪だけ濡（ぬ）れたタオルで拭（ふ）いてもらう。

それから櫛（くし）で梳（と）かしてもらい、少しだけすっきりした。

「ありがとう、ナージャ。あなたも疲れているでしょうから、今日はもう休んでちょうだい」

「大丈夫ですよ」

「でも……。では、リュドを寝かしつけた後でそのままクロードと遅めの昼食にするから、その間はゆっくりしていてね」

「かしこまりました」

今回の旅に同行してくれたナージャは、オパールが三等客として船に乗っている間以外、ずっと傍にいてくれたのだ。

別行動のときも先回りをして、合流予定の港町で馬車や宿の手配をしてくれていた。

今日も疲れているはずなのに、オパールの世話を他の侍女に任せるのは嫌なのだろう。

オパールはその気持ちを汲（く）んで、それ以上は強く言わずに受け入れた。

それからクロードとリュドの部屋へそっと入りアーシャと交代すると、リュドはオパールが久しぶりにいることで興奮してしまったのかなかなか寝付かなかった。

リュドと一緒に過ごしたいという自分の感情を優先してしまったばかりに、さらにリュドのリズムを狂わせてしまったことをオパールは反省した。

だが、そんなオパールの考えを読んだように、クロードが慰める。

「リュドが喜ぶのは当然だよ。お母さん大好きだからな。留守の間も、俺だけじゃ物足りなかったらしい。だから、リュドは幸せな気持ちでいるんじゃないかな」

「そうならいいけれど……。調子を崩しては可哀想だわ。アーシャにも悪いし」

「たとえリズムがずれてしまったとしても、直るまで俺も付き合うよ。それに、オパールの愛情をいっぱいもらうほうが大切だ」

「たっぷりの愛情なら任せてほしいわ。もちろんクロードにもね」

「それはありがたいな」

最近は乳母に任せきりにせず、できる限り自分で子育てをする上流階級の女性も増えてきた。しかし、クロードのように寝不足になり、悩みながら子育てを一緒にする父親はかなり珍しい。アーシャたちがいてくれてもオパールにとって初めての子育ては迷い悩むことばかりで、クロードが傍にいてくれて本当に頼もしく嬉しかった。

「それじゃあ、そろそろ……」

すっかり眠りに入ったリュドを見て、クロードが小声で促す。

オパールは頷（うなず）くと、リュドにもう一度触れたい気持ちを我慢し、起こさないようにそっと部屋を出た。

そのまま家族用の食事室に移動する。

遅めの昼食をとると伝えていたので、すぐに温かい食事が提供された。

「――改めまして、お帰りなさいませ、奥様」

「ありがとう、ジョーゼフ」

食事の最後にちょっと贅沢なデザートが出され、執事のジョーゼフから優しい言葉をもらう。

オパールが笑顔でお礼を言うと、クロードが不満そうに口を開いた。

「俺が久しぶりに帰ってきても、ジョーゼフにそんなに優しい言葉をもらったことはないな。デザートにおまけのアイスまであるじゃないか」

「旦那様は出入りが激しすぎて、いつ出て行って帰っていらっしゃるのかさっぱり把握できませんので」

「耄碌してるんじゃないか？」

「はっはっはっ。耳が遠くなって何をおっしゃっているのか聞こえません」

先代ルーセル伯爵――クロードの祖父に仕えていた執事のジョーゼフは未だに屋敷で働いてくれるのだが、クロードと仲が悪い。というより、とても仲がいい。

この二人のやり取りを見ていると、クロードは祖父とも同じように仲がよかったのだなと思える。

それがオパールは嬉しく安堵していた。

オパールとクロードが離れていた期間、お互い大変なことも多かったが、幸せなこともあったのだ。

「まったく、ジョーゼフはいつだって俺に厳しいよな」

ジョーゼフが去ると、クロードがぼやく。

オパールはくすくす笑いながら、特別仕様のデザートに手を伸ばした。

それからアイスをすくってクロードに差し出す。

「一口いかが？」

「俺の奥さんはなんて優しいんだ！　一口だけわけてくれるんだから！」

そう言って身を乗り出すクロードからアイスのスプーンをかわす。

昔よくやった意地悪だが、クロードはオパールの腕を掴んでスプーンを自分の口へ入れた。

「ちょっと！」

「その意地悪には慣れているからね」

「意地悪なのはクロードよ。一口だけ、なんて嫌味を言うんだから」

「オパールはいつだって、甘いものには欲張るからな」

「欲張ってなんてないわ」

くだらない口ゲンカが始まったが、オパールはしっかりアイスを口に運ぶ。

ぼやぼやしていると、ジュリアンにはお皿ごと奪われたからだ。

そんなオパールをぐいっと引き寄せ、クロードはその唇をぺろっと舐めた。

「っ、クロード！」

「俺はこれでいいよ。ごちそうさま」

「もうっ！」

突然のことに驚き顔を赤くして怒るオパールだったが、結局は声を出して笑った。

クロードも一緒になって笑い、部屋の外に控えていた使用人たちも顔を見合わせ、笑いを堪えていたのだった。

13　不満

翌日。

午前中にオパールはクロードと共に王宮へと上がった。

二人とも朝一番に、王宮の使者にアレッサンドロからの呼び出しを伝えられたのだ。

予想はしていたが、クロードは盛大にため息を吐く。

「クロード、不満が隠せていないわ」

「不満だからな。せっかく家族三人水入らずで過ごそうと思ったのに。せめて今日一日くらいは遠慮しようって気がないのかな。ないんだろうな。陛下だからな」

一人でぶつぶつ呟き、結論を出すクロードがおかしくて、オパールは笑った。

オパールも本当はもっとリュドと一緒に過ごしたかったが、クロードが代弁してくれたおかげで少しだけ気が晴れた。

それでも言うべきことは言うつもりで、オパールはすっかり馴染み(なじ)になった部屋へと入っていった。

「やあ、オパール。今回の旅はどうだった？」

「とても有意義に過ごせました」

「それはよかった」

どっかりと椅子に座ったアレッサンドロは、オパールたちが挨拶（あいさつ）を終えるとさっそく問いかけてきた。

そんなアレッサンドロの斜向かいのソファには、エリーが不機嫌そうに座っている。

「今さら紹介する必要もないとは思うが、まあしておこうか。エリー、こちらがボッツェリ公爵夫妻だ。夫人のことはオパールと呼んでやってくれ。いいよな、オパール？」

「はい」

オパールがスカートを摘まんで腰を落とし礼をすると、エリーは鼻を鳴らした。

それを咎（とが）めることなく、アレッサンドロは続ける。

「公爵のほうは、クロードとでも便利屋とでも呼べばよい」

「便利屋ではございませんので、私のことは名前でお呼びください」

アレッサンドロの冗談にも、クロードがお辞儀をしても、エリーは反応しなかった。

未だに拗（す）ねているようで、あまりに子どもっぽい。

「それで、この我儘（わがまま）娘が、ルメオン公国の公女エリーザだ」

アレッサンドロはエリーの紹介を終えると、手ぶりでオパールたちに座るよう促した。

応えてオパールとクロードは、エリーの向かいに腰を下ろす。

「まあ、堅いことはなしにしよう。エリーとはもう話をしたな？」

「はい。エリーザ公女殿下とは昨日まで、同じ船で旅をしておりましたから」

アレッサンドロの言葉にオパールが頷くと、エリーが口を挟んだ。

「それで、私の恋人を奪ったのよ。ボッツェリ公爵、あなたは浮気者の奥様をお持ちのようね」

「妻は人一倍正義感が強く、優しい女性なんです」

エリーの告発にもクロードは動じず、にこやかに答えた。

すると、アレッサンドロは何事もなかったように、オパールに話しかける。

「それで、私の頼みを引き受けてくれるんだな？」

「条件があります」

「条件？　しかし、エリーにはすでにお目付け役をすると申したのだろう？」

「はい。ですが、条件はあります」

「じゃあ、別にしなくていいわよ」

オパールとアレッサンドロの会話に再びエリーが割り込んだが、無視して進む。

「その条件とやらを申してみよ」

「これからしばらくの間――」

「私のことを無視しないで！」

それに腹を立てたエリーが大きな声を出した。

そこでようやくアレッサンドロがエリーを見る。

「エリー、今は大人同士の話をしているんだ。その間、静かにすることもできないのか？」

「私も大人だわ！」

「お前が？　ろくに挨拶もできず、無礼なことばかり口にしているのに？」

アレッサンドロに指摘されて、エリーは顔を赤くした。

恥ずかしく思うほどの自覚はあるらしい。

だが、きゅっと唇を噛むと、オパールを睨んだ。

「……陛下、大人同士の会話は子どもには退屈でしょう。仕方ありませんわ」

オパールは睨まれても気にせず挑発すると、アレッサンドロが楽しそうに乗る。

「では、退室するか？」

「嫌よ！　私抜きで話を進められたくないもの！」

すかさずエリーは反論したが、アレッサンドロを見てはっと口を噤む。

「エリー、そう駄々をこねるな。ここにいたいと言うなら、おとなしくしていなさい」

まるで幼子に言い聞かせるような優しい口調のアレッサンドロだったが、エリーは叱られた子どものように身を小さくした。

アレッサンドロの優しい笑みを見て、内心の怒りを察したようだ。

エリーは我が儘ではあるが、引き際は心得ているらしい。

アレッサンドロにはいつもの余裕がなく、苛立っているようにオパールにも思えた。

「さて、話を進めていただいてもよろしいでしょうか？　オパールと私は昼食の約束がありますので」

「私よりも優先させる相手か？」

ここまで黙っていたクロードがようやく口を開いたかと思うと、国王相手に急かす。

アレッサンドロがむっとして問いかけると、クロードはにこやかな笑顔のまま頷いた。

約束の相手とは、リュドのことだ。

午前中ほとんど一緒に過ごせなかったため、お昼寝までの時間がほしいのだ。

オパールも同じ気持ちだったので、かまわず話を進めた。

「条件とは、それほど難しいものではありません。ただ、公女殿下のご身分を隠していただき、私の親戚(しんせき)とさせていただきたいのです。また、この国にいらっしゃる間はできるだけ私とともに過ごす……ルーセル侯爵邸で過ごしていただきたいと思います」

「どうして私がそんな――」

「よかろう」

「叔父様！」

「何が不満なのだ？　お前はここまでの道中も身分を隠していただろう？　それが続くだけだ」

「でも……」

エリーは力なく反論しようとして、諦(あきら)めたらしい。

最後の悪あがきとばかりにオパールをまた睨みつける。

「これからよろしくね。エリー」

オパールがにこやかに声をかけても、エリーは返さなかった。

気にせずオパールとクロードは立ち上がる。

「それでは、今から一緒に帰りましょう」

「今からですって？」

「ええ。早いに越したことはないわ。もし、王宮であなたを見かけたという人がいたら、私の遣いだったと言ってね」

きっとアレッサンドロのことだから、エリーの王宮滞在をできるだけ知られないようにしていたはずだ。

特に何も言わないアレッサンドロの態度がそう伝えている。

エリーはオパールの遣いという言葉に腹を立てたようだが、もう何も言わなかった。

「陛下、エリーの荷物は適当に見繕って侯爵邸に届けてくださいませ」

オパールがお願いすれば、アレッサンドロは片眉を上げて冗談を言う。

「私を使うのか？」

「陛下も私たちを使ってばかりいないで、たまには動いてください。お腹が出てきていますよ」

「腹など出ておらぬわ！」

クロードも冗談で返すと、ムキになってアレッサンドロが答えた。

すると、それまで不貞腐れていたエリーが噴き出す。

はっとしてすぐに笑いを引っ込めたが、その笑顔は年相応の可愛らしいものだった。

意外なことに、エリーはそれ以降文句を言うこともなく、素直にオパールたちと共に馬車に乗った。

そして侯爵邸に到着すると、屋敷を見上げてポツリと呟くように問う。

「ここに二人で住んでいるの？」

「普段は領地にいるわ。でもしばらくは王都で過ごすから、息子も一緒にいるの。後で会ってくれる？」

「あなた、息子がいるの？　何歳？」

「一歳になったばかりよ」

「それなのに、悠々自適に一人旅ってわけね」

オパールが質問に答えれば、エリーはまた不機嫌になる。

オパールは取り合わず、ジョーゼフの待つ玄関へ向かった。

クロードも会話は聞こえただろうが特に何も言わず、エリーを玄関へと導く。

「お帰りなさいませ、旦那様、奥様。お客様のお部屋の用意はできております」

「ありがとう、ジョーゼフ。彼女はオパールの親戚のお嬢さんで、エリー・クランプ嬢だよ。不足のないようにしてやってくれ」

「かしこまりました。ようこそ、クランプ様。私はこのお屋敷で執事を務めさせていただいております。どうぞジョーゼフとお呼びくださいませ。何かございましたら、何なりとお申し付けくださ い」

「ありがとう、ジョーゼフ。エリーと呼んでくれていいわ。よろしくね」

玄関扉を開けて待ちかまえていたジョーゼフに、クロードがエリーを紹介する。

エリーはジョーゼフに対し、にこやかに挨拶をした。

（船でもそうだったけど、使用人への態度はいいのよね）

偉そうにしていたのはロランで、エリーは時々居心地悪そうにしていた。

オパールが三等客だったときの発言も、無邪気なだけで悪気のないものだったのだろう。

あのときはメイリがいたので、オパールもらしくなくムキになってしまったのだ。

そのことを思い出して恥ずかしくなったオパールだったが、ジュリアンにからかわれたことまで思い出してわずかにむっとした。

ロランについては、しばらく泳がすように言ってあるので、解決するまでにもう少し時間がかかるだろう。

「オパール？　難しい顔をしてどうした？」

「え？　あ、ううん。大したことないわ」

ロランについてエリーの前で話すわけにもいかず、適当に誤魔化した。

そんなオパールをエリーは胡散臭そうに見る。

そのとき、可愛らしい声が聞こえてきた。

「っか、……かぁ……」

「まあ、リュド！　迎えに来てくれたの？」

よちよち歩きながらやって来るリュドに駆け寄り抱き上げる。

リュドは嬉しそうにオパールの胸に顔をうずめてぐりぐりとこすりつけた。

「エリー、この子が息子のリュドリックよ。リュドって呼んであげて」

「……ドレスがよだれまみれよ」

「そうなの。どうやらベルベットの生地がお気に入りみたいで。この子が生まれてから、できるだけビーズなどの装飾はないドレスを着るようにしているのだけど、そうなると生地にこだわるでしょう？　でも、刺繍は好きじゃないみたいなの」

エリーの指摘に、オパールは笑いながら答え、聞かれてもいないことまで話し始めた。

リュドのことになるとどうしても饒舌になるのだ。

そこに上着を脱いだクロードが手を伸ばし、リュドを引き取る。

クロードはアレッサンドロに会うために徽章でゴテゴテしていた上着の下には刺繍の入ったシャツを着ていたが、オパールの言う通りリュドは不満を表すようにぶうっと唇を鳴らした。

「エリー、ジョーゼフに部屋を案内させるよ。オパールはひとまず着替えておいで」

「わかったわ」

気遣ってくれるクロードに微笑んでオパールは答え、エリーへ向き直った。

エリーはリュドとクロードをじっと見ていたが、オパールの視線に気づいてはっとする。

それからすぐに、また不機嫌な顔になった。

「エリーも、よければ着替えてくつろいでね」

「着替えがないわ」

「その心配はいらないわよ」

「どういうこと？」

エリーが問いかけると同時に、開いたままの玄関扉から荷物が続々と運び込まれてくる。

アレッサンドロがもうエリーの荷物を侯爵邸へと運ばせたのだ。

「それじゃあ、夕食まで部屋でゆっくりしてくれてもいいし、屋敷の中が見たかったら案内もするから言ってね」

「……ゆっくりするわ」

従僕たちが運び込む荷物を頼りなげな表情で見つめながら、エリーは答えた。

その様子で、オパールは何となくだがエリーの抱えている問題に気づいたのだった。

14 反抗期

「簡単に言えば、エリーは寂しいのよ」

「ああ、よくある子どもの頃にかまってもらえなかったからってやつ？」

王宮から帰ったオパールとクロードは、ようやくひと息ついたところだった。

隣の部屋ではリュドがお昼寝をしており、起きたらわかるように扉は開け放たれている。

「ええ。お母様は早くに亡くなったようだし、お父様がお亡くなりになったのもまだ十一歳の頃だしい。

クロードにしては珍しくきつい言い様だなと思ったが、どうやらオパールのために怒っているら

「そうだよ。彼女のオパールへの態度は酷かった」

「私？」

「オパール、俺はオパールのことを言ってるんだけど？」

「それはそうよ」

「だからといって、人を傷つけていいわけじゃない」

もの」

オパールは嬉しく思いながらも、エリーを庇(かば)った。

「それは仕方ないわよ。私はエリーの恋人……婚約予定の彼を奪ったんだもの」

「まさか、その男がどんなやつだったか、言わないつもりなのか？」

「知りたくないでしょう？　好きになった人がお金目当てだったなんて」

「だからって、オパールが悪者になる必要はないだろ？」

「本当の悪者かもよ？　クロードは疑わないの？」

「何を？」

「私の浮気心を」

「心配していないな。それに危うい報告も受けていない」

「私を見張らせていたものね？」

者たちも多かった。


「オパールの自由と安全のためにね」

「もちろん知ってたわ。ありがとう、クロード」

いつもオパールが出かけるときは従僕が護衛も兼ねているが、今回の旅では隠れて護衛している者たちも多かった。

隠れているといっても、オパールからではなく、周囲の者たちからなのだ。

ただ、そこにジュリアンが紛れていたのは後で気づいたことだった。

「クロードはジュリアンがいることを知っていたの？」

「いや、一昨日訪ねてくるまで知らなかったよ。護衛たちはジュリアンに口止めされたらしい」

「ほんと、いい加減にかき回すのはやめてほしいわ」

「オパールのことが心配なんだよ」

「まったく心配していないとは思わないわ。でも、からかいが大半よ」

「……否定はできないな」

ジュリアンの意地悪はいつものことなので、腹は立つが諦めてもいる。

だがやはり大切な家族には違いないので、危ないことはあまりしてほしくなかった。

「それで、ジュリアンは今度はどこにいるの？」

「さあ……おそらく当分は王宮に近づかないんじゃないかとは思うけど」

「あら、どうして？」

「陛下がジュリアンに縁談を持ちかけたんだよ」

何ということもないようにクロードは話したが、オパールは目を見開いた。――というより輝かせた。

「どうして早くそれを教えてくれないの⁉　大事件じゃない！」

そう言いながらも、オパールは楽しそうに笑っている。

ジュリアンとアレッサンドロはどちらも曲者で、その二人の攻防はぜひ見たかった。

一昨日、クロードに会いにジュリアンがやって来たのも、おそらくアレッサンドロに呼び出されたついでなのだろう。

「オパール、笑い事じゃないと思うよ」

「それはそうなんだけど……。ああ、気の毒なお嬢さんのことも考えてあげないとだものね。お相手は誰なの？」

「……クラリッサ王女殿下だよ」

「それは……酷いわ」

オパールの笑いは一気に引っ込んだ。

クラリッサ王女はアレッサンドロの姪（めい）――先代国王の一人娘なのだ。

そして、クロードとの縁組の噂もあった人物である。

他の令嬢ならジュリアンとの縁談に喜ぶだろうが、クラリッサ王女はいろいろと難しい問題があり二十四歳になった今でも独身だった。

「だから、ジュリアンは雲隠れしたんだよ」

「逃げたのね」

ジュリアンを非難しながらも、オパールはほっとしていた。

王女の結婚は継承問題に絡む重要課題だからだ。

ただし、このまま宙ぶらりんというわけにもいかないが、オパールは王女自身の意向を尊重したかった。

「オパール……」

「何？」

「実は、オパールが留守にしている間に、もう一つ問題が起こったんだ」

「たぶん驚かないいから話してちょうだい」

昨日、すぐにクロードが話さなかったのは、疲れているオパールに配慮してくれたのだろう。

ジュリアンはともかく、王女の結婚問題が持ち上がっている今、さらに何の問題が起こったのかとオパールは続きを待った。

新聞は全紙に目を通していたが、クロードが困るような記事はなかったはずだ。

そんなオパールの考えを読んだのか、クロードは説明してくれた。

「記者たちには知られないよう伏せているが、ヴィンセント王子が街で騒ぎを起こした」

「わーお」

オパールにはそうとしか言えなかった。

ヴィンセント王子はアレッサンドロの長子——王位継承者である。

ただし、まだ正式に王太子の位に就いたわけではない。

それもクラリッサ王女の結婚が大きく問題視される理由だった。

それで今朝のアレッサンドロはどことなく苛立っていたのかと、オパールは思い当たった。

「騒ぎって、無銭飲食をしたとか？」

オパールが軽い調子で問えば、クロードが噴き出す。

「違うよ。酒場で他の客とケンカしたらしい」

クロードが笑いを堪えながら説明すると、オパールは目を丸くした。

ヴィンセント王子はまだ十六歳であり、この国での飲酒は十八歳からと決められている。

しかし、オパールはわざとらしく意味がわからないとばかりに首を傾げて質問を続けた。

「それって問題なの？　私が知る限り、クロードもジュリアンもよくしていたことなんでしょう？」

オパールの言葉に、クロードはばつが悪そうな顔になった。

離れていた間の八年と、それまでのことをクロードが語ってくれたときに聞いた話なのだ。

当時のオパールは伯爵家の領館で、クロードやジュリアンが帰ってくるのを指折り数えて待っていた。

どうして女の子は学校へ行けないんだろうと、不満に思ってもいた。

それでもジュリアンと違って、クロードは折に触れて手紙をくれ、オパールの寂しさを紛らわせてくれたのだった。

「いわゆる反抗期っていうものかしら」

「たぶんね。陛下も頭を痛めていらっしゃるよ」

「あら、頑固な父親は苦労すればいいのよ」

アレッサンドロの話題になると、オパールはつんと顎を上げて言い放った。

おそらく自分の父親——ホロウェイ伯爵のことも含めているのだろう。

クロードが返事に窮していると、オパールは心配そうにため息を吐いた。

「ヴィンセント殿下も寂しく思っていらっしゃるのかも。殿下には数回しかお会いしたことはないけれど、クロードをずいぶん慕っていらっしゃったわ。リュドが生まれて、クロードがめったに王宮に上がらなくなったから」

「まあ、慕ってはくれていたけれど、それなら俺よりジュリアンだな」

「……悪影響を及ぼしてしまったわけね」

「んん……」

否定できずに言葉を詰まらせるクロードがおかしくて、オパールは笑った。

正直なところ、将来の自分たちの悩みかもと思うと笑っている場合ではない。

「なんだか色々とわかってきたわ。私がエリーを放っておけないように、クロードもヴィンセント王子殿下を放っておけないわよね？　王女殿下の問題についてもジュリアンを巻き込むふりをして、私たちを巻き込んでいるのよ。陛下の策略ね」

ジュリアンがあれだけオパールに放っておけと言っていたのは、このことを見越していたのかもしれない。

そのくせ自分はちゃっかり逃げ出しているのだ。

今度は諦め(あきら)のため息を吐いたオパールをクロードは抱き寄せ、慰めと励ましのキスをしたのだった。

15　支度

オパールは招待された夜会にエリーを連れて何度か出席したが、ルメオン公国の公女の顔は公開されておらず、特に気づかれることなく皆にオパールの親戚(しんせき)として受け入れられ歓迎された。

だがいつもエリーはつまらなそうにしており、誰かにダンスに誘われても断ってしまう。

オパールは特に何も言わず、ただ見守っていた。

そして今夜は、ルーセル侯爵邸で慈善パーティーが開かれる。

オパールは忙しく使用人たちに指示しながらも、エリーを捜していた。

そろそろ夕食をとって準備しないと、主催者側として招待客の出迎えに間に合わない。

「――エリー、リュドと遊んでくれていたのね。ありがとう」

「リュドは可愛いから」

子ども部屋にいるエリーを見つけて声をかけると、つっけんどんな態度で返事をされる。

だが、それが照れ隠しであることはもうオパールもわかっていた。

エリーはよくリュドの相手をしてくれるのだが、泣かれても暴れられても根気よく付き合ってくれるのだ。

甘やかされ我儘ではあるが、エリーは本来の優しさが隠しきれていなかった。

だが、何かとオパールに反抗するエリーのことは侯爵邸で有名になっているので、二人が会話を始めた時点でリュドは乳母のアーシャが部屋から連れ出す。

そのまま隣の部屋で夕食をとらせるのだろう。

オパールはリュドを視線で見送り扉が閉まると、再び口を開いた。

「さて。そろそろ夕食をとって着替えないと、今夜の慈善パーティーに間に合わなくなるわよ？」

「パーティーで着飾って美味しいものを摘まんで、お酒を飲んで、寄付を募ってって、慈善じゃなくて偽善じゃない」

「上手いこと言うのね。でもよく言うじゃない？　やらない善よりやる偽善って。ただの自己満足でも見栄でも、寄付してくれるなら大歓迎よ」

「でもわざわざパーティーを開く必要があるかしら？　その資金も寄付すればいいじゃない。私は夫を探しにこの国に来たわけじゃないわ。パーティーになんて出たくないの。踊りたくもないし。それなのに、難攻不落の令嬢なんて新聞に面白おかしく書き立てられて！　どうしてソシーユ王国の新聞にまで記事が載るの⁉　しかも、あのアラン・マロンってふざけた記者は何なのよ！」

「出席したくないなら、早く言ってくれればよかったのに。ただ不貞腐れているだけじゃなくて」

「何ですって⁉」

あれこれ難癖をつけるエリーにもオパールは冷静に応じた。

すると、エリーはどんどん過熱していき、オパールが軽く挑発すると、怒りをあらわにする。

エリーは表向きだけでも感情を抑えられるようにならないとこの先大変だろう。

「とにかく、今日のパーティーは出席してちょうだい。便宜上、あなたは私の身内になっているのだから、主催者側として出席しなければダメよ。これが終わったら、もう無理に連れ回したりしないわ」

どうしたものかと思いながら、オパールはエリーにそう言い残して部屋を出ていった。

本当はリュドの顔を見たかったが、食事途中でオパールの姿を見れば、気が逸れて食べなくなってしまう。

（何もかも難しいわね……）

子育ては乳母のアーシャやみんなに手伝ってもらっているのに大変なことばかりだ。

お目付け役も言葉は通じるのに、意思疎通ができない。

あまりうるさく言いたくなくて黙って見守っていたつもりだが、それもうまくいかなかったようだ。

オパールがパーティーのために着替え終えた頃、エリー付きの侍女が困惑した様子でやってきた。

エリーがドレスに着替えないと言っているらしい。

「……わかったわ。無理に着替えさせなくていいから、好きにさせてあげて。ありがとう。……あ、待って」

　オパールはそう告げたが、去りかけた侍女を引き止めた。

　そして新たな指示を出すと、何事もなかったように支度を進める。

　そこに今度はエリーがやって来た。

「私、この格好でパーティーに出るから」

「あなたがそう決めたなら、そうすればいいわ」

「本当に？　大切なパーティーが台無しになるわよ？」

「あなたの服装一つでパーティーは台無しになったりしないわ。心配しなくても大丈夫よ」

「心配しているわけじゃないわ。後悔しても知らないんだから！」

　大きな音を立てて扉を閉めて出ていったエリーに、オパールは呆(あき)れてため息を吐いた。

　すると、クロードの笑い声が聞こえる。

　どうやらクロードの部屋と繋(つな)がる扉から入ってきていたらしい。

「どうしたの？」

「そろそろ準備ができたか、様子を見にきたんだよ」

「私は完璧(かんぺき)よ。見かけだけは」

「オパールはいつだって、見かけも中身も完璧だよ」

　そう言いながら、クロードはオパールをそっと抱き寄せキスをした。

　ナージャたちはいつの間にか姿を消している。

オパールは顔を赤くして、クロードから離れた。

「もう！　せっかく綺麗にしてもらったのに！」

照れ隠しに文句を言って、オパールは鏡を見た。

鏡越しにクロードが笑っているのが見える。

結局、オパールもクロードを相手にすると、子どもっぽくなってしまうのだ。

それもすべてクロードは理解したうえで、オパールを愛してくれる。

すっかり甘やかされているオパールは、エリーに対し偉そうに言う資格はないなと自省した。

「……クロードも完璧よ」

「ありがとう、オパール。では、そろそろ一階に下りようか」

「ええ」

気持ちを切り替えてクロードを誉めれば、あっさり受け入れてくれる。

オパールは差し出された腕に手を添え、階下へと向かった。

そこに、ジョーゼフがやってきて申し訳なさそうに言う。

「奥様、大切なパーティーの前に失礼いたします。つい先ほど、おっしゃっていたお手紙が届きましたので、書斎にお持ちしておりますが、しばらく預かっておきましょうか？」

「ありがとう、ジョーゼフ。今すぐ読むわ。まだ時間はあるわよね？」

「はい」

「クロード、少し外してもいいかしら？」

「ああ、大丈夫」

オパールはジョーゼフに礼を言い、クロードに声をかけて書斎に急いだ。

屋敷に戻ってから、届いたらすぐに知らせてほしいとジョーゼフにお願いしていた手紙が届いたのだ。

書斎に入ると、整頓(せいとん)された机の上に一通の手紙が置いてある。

オパールは差出人を確認して、ペーパーナイフで開封して中身を取り出した。

急ぎ目を通して、かすかに詰めていた息を吐き出す。

そのとき、開け放したままの扉からクロードが入ってきた。

「問題なかった？」

「……ええ、朗報とまでは言えないけれど、無事がわかっただけよかったわ」

心配するクロードにオパールは微笑んで答えた。

三等船室で一緒に過ごしたメイリたち母娘(おやこ)のことは、クロードにも話していたのだ。

「後になって、誰かにこっそり二人についていってもらえばよかったって後悔していたから、本当に安心したわ。でもね、ケイトのご両親はすでに亡くなっていたんですって。それでいろいろと大変だったみたいで……」

「そうか……」

「祭司様へ手紙を届けるのが遅くなって謝っていたって書いてあるわ」

「それで、その母娘は大丈夫なのか？　祭司が保護してくれているのか？」

「それが、仕事が見つかったからって、手紙を届けて一泊した後、すぐに出て行ってしまったみたい。どうやらこの国で働くことになったって。腰が悪いのに大丈夫かしら……」

オパールは手紙を引き出しに仕舞いながら、メイリたちのことを説明した。

同時に心配の言葉が漏れる。

「どんな仕事かは書いていないのか？」

「ええ」

「そうか……。だが、海外にいて――ソシーユ王国にいて仕事が見つかるなら、海外向けに求人を行っているということだろう。知り合いの伝手にしても、女性の労働者を海外から受け入れている仕事なら、限られてくるから、調べてみるよ」

クロードは少し考えてから、励ますように微笑んで言う。

その言葉はとても頼もしく、オパールはほっとしてクロードの手を握った。

「クロード、ありがとう」

そのあたりの調査については、クロードのほうがはるかに早く正確だろう。

クロードはいつもオパールの不安を解消してくれ、助けてくれる。

それなのにオパールは何か少しでも返せているのだろうかと思うことがある。

せめて感謝の気持ちを伝えたいが、今は時間がない。

オパールは握ったクロードの手を持ち上げると、手首の内側にキスをした。

「オパール――」

「もう行かないと！」

親指でほんのりついた口紅を拭(ぬぐ)って、オパールはぱっとクロードから離れた。

クロードは何か言いかけていたが、恥ずかしくてオパールはそのまま書斎を出る。

ちょうどそのとき、最初の招待客が到着したようだった。

エリーもすぐに合流して、オパールたちは会場入口で次々にやってくる招待客を出迎える。

招待客ははじめ、にこやかに挨拶(あいさつ)をするのだが、エリーを見た途端にギョッとした。

そして、着古したデイドレスのままのエリーから視線を逸らし、無言でオパールを見るのだ。

しかし、オパールは何も気づかない様子で次の客に挨拶している。

そうなると招待客はエリーに対し腫れ物(はれもの)に触るようにおざなりな挨拶を口にしてそそくさとその場を去っていく。

その後に他の招待客と集まって、エリーをちらちら見ながらヒソヒソと囁(ささや)き合っていた。

それは女性だけでなく男性も同様で、公爵夫妻に遠慮して何も言わないが、エリーを遠巻きに見るのだった。

パーティーが始まってもその状態は続き、エリーの周囲には誰も近寄らない。

これまでは男性がダンスや軽食に誘いにきていたが、それもオパールの親戚だからだったのだろう。

今では完全にエリーを変わり者扱いで、なぜ公爵夫妻は彼女を放っているのだといった空気が漂っている。

その中で、誰かがエリーには公爵夫妻でさえ手に負えないほどの問題があるのだろうと言い始めた。

今までのパーティーで、エリーが誰とも踊ることなく無愛想にしていたためにそれも信憑性が増したのだ。

エリーは一人で壁を背に立っていたが、今にも泣きそうに見えた。

そこに遅れて参加してきたクラース子爵が、エリーを見てオパールの親戚だとは気づかずに大声で笑った。

「さすが公爵夫人ですな！　こうして恵まれない者を我々の目の前に連れてくることで、寄付をさらに募ろうとなさるとは！」

エリーの格好は来客のない午後に過ごす令嬢のそれではあったが、パーティー用に着飾った者たちの中ではみすぼらしく見えた。

そのため、子爵は誤解したようだ。

嫌らしく値踏みするような目つきでジロジロとエリーを見たが、誰も訂正することなく、遠巻きにクスクス笑う。

ついにエリーは耐えられなくなったのか、その場から出ていこうとした。

しかし、オパールが立ちはだかり、エリーの腕を掴んだ。

「なんて意地悪なの⁉　私がこうして笑いものになるのを黙って見ているなんて！」

「あなたが望んだことでしょう？　あなたにどんなに立派な肩書があっても、それに相応しい行動をしなければ、皆が眉（まゆ）をひそめるものよ」

エリーはオパールに食ってかかったが、小声なのは周囲を気にしてだろう。

これほどに残酷な視線をエリーは今まで感じたことがなく、誰かを怖いと感じたこともなかったのだ。

それでもエリーは食いしばった歯の間から絞りだすように問う。

「相応しい行動って、派手に着飾るってこと？」

「時や場面に応じた服装をするのは最低限の礼儀よ。あなたは礼儀一つ守れないと喧伝（けんでん）しているようなものだわ」

「でもっ――」

「たいていの人は見かけで判断するわ。三等客だった私を誰も公爵夫人だとは思いもしなかったでしょう？　その後、私に気づいたのはあなただけよ、エリー。乗組員の誰もが気づかなかったわ」

どうにか反論しようとしたエリーは、オパールの言葉にはっとした。

オパールは名前を出さなかったが、そこにはロランも含まれるのだ。

ロランは三等客だったオパールのことを『貧乏くさいおばさん』と言っていた。

その後にボッツェリ公爵夫人として現れたオパールにはへり下り、言い寄り、お金を引き出そうとしていた。ひょっとして、愛人の座を狙っていたのかもしれない。

エリーはその考えに至り、一気にロランへの気持ちが冷めていった。

本当はロランに対して本気だったわけではなく、周囲の大人たちへの反抗心からこだわっていただけなのだ。

「……オパール、手を離して。着替えてくるわ」

エリーは抵抗をやめて、しおらしく告げた。

ロランのことを思い出して傷ついているらしいエリーに、オパールは同情しつつもさらにその腕を引き寄せた。

「着替える前に、あなたの名誉を回復しないと」

「そんなの無理よ」

「大丈夫よ。みんなああなたのその姿の理由を知りたがっているんだから」

エリーは疑わしげに見たが、オパールはにっこり笑った。

そして、興味深げに見ていた者たちから子爵へと、まっすぐに視線を向ける。

「子爵、誤解を与えたようでごめんなさい。この子は私が後見をしている娘なんです」

オパールの強い眼差しにさらされて、子爵は顔を赤くし何事かをもごもごと呟いた。

謝罪だったかもしれないが、聞こえなければ意味がない。

オパールは再び周囲へと視線を戻して続ける。

「皆様もエリーのこの姿に驚かれたことでしょう。私も驚きました。ですが、エリーはこの慈善パーティーで着る予定だったドレスと宝石を寄付すると、そのためにも今夜は着替えないと頑固にも言い張ったのです。そうすればきっとみんな驚きのあまりたくさん寄付してくれるわ、と」

オパールは神妙に話し始めたが、最後におどけて付け加えると、笑いが起こった。

皆、そういうことかと納得したようだ。

そこにクロードが加わる。

「私もエリーに倣って、着替えないでいようと思ったのですが、私の場合はこうして着飾らないと凡庸すぎて誰にも気づいてもらえなくなりますからね。諦めました」

クロードのそれは、ルーセル家を乗っ取った成り上がり者と噂されることを逆手に取った自虐だった。

それに皆が気づいたかはわからないが、また笑いが起こる。

その場がすっかり和んだところで、オパールは再び口を開いた。

「エリーの確固たる信念は素晴らしいものですが、せっかくの機会ですからそのドレスを着た姿を見たいと思いません？」

オパールの問いかけに皆が拍手で賛同する。

エリーは先ほどまでの残酷な視線があっという間に温かなものに変わったことに戸惑っていた。

そんなエリーにクロードが腕を差し出す。

「さあ、どうか私に部屋までエスコートさせてくれませんか？」

「え、ええ……」

エリーはぼんやり答えて、クロードの腕に手を添えた。

そして皆に見送られて会場を後にする。

オパールはほっとしながら、エリーとクロードを見送り、招待客たちを楽しませるために気持ち

を切り替えたのだった。

16 噂

エリーの着替えは、侍女に用意しておくよう指示してあったので、それほど時間はかからないだろう。

ナージャにも手伝うようにお願いしている。

勝手にエリーのドレスや宝石を寄付すると言ってしまったので、それ相応の金額をオパールが寄付金に加えるつもりだった。

もちろん、先ほどのオパールの言葉を好意的に受け入れている者ばかりではない。

招待客の中でも一部の者たちは未だにヒソヒソと囁き合っている。

これはエリーにというより、オパールのことを敵視しているからだろう。

ルーセル侯爵邸での催しはめったにない。

そのため、招待状を手に入れた者たちは何が何でも参加する。

だが、それも自分に箔(はく)を付けるためなのだ。

皆が皆そうではないが、態度でわかるものである。

寄付金を募るためとはいえ、オパールはもっと何か他に方法がないかと、招待客を相手にしながらもつい考えてしまっていた。

今のところ、資産家を集めてこうしたパーティーを開くのが一番効率がいい。

見栄もあって、皆が多額の寄付をしてくれるからだ。

最後に小切手を箱で回収するとき、皆これみよがしに金額が見えるように箱へと入れる姿は滑稽でもある。

それを覗き込む者たちも含めて。

「オパール、お待たせ。エリーを無事に部屋まで送ってきたよ」

招待客と話をするオパールの背後からクロードが腰に手を回し、キスするふりで耳元に囁く。

別に部屋に着くまでの間に危険があるわけではなく、エリーが素直に着替えるつもりであるということを伝えてくれているのだ。

オパールはちらりと振り返り、感謝の笑みを向けた。

荒療治ではあったが、エリーもようやく社交界がどういうものか理解したらしい。

この後はしばらく社交もお休みして、ゆっくり話をすればいいだろう。

エリーの気持ちもしっかり聞きたかった。

（でも、その前に……）

クロードも加わって会話を進めながら、オパールが明日からのことを考えているとき。

会場入口のほうが騒がしくなった。

急ぎクロードとそちらに向かえば、ヴィンセント王子が入ってくるところだった。

「何だよ、俺は王子だぞ？　招待状なんて必要あるか！」

執事のジョーゼフが止めようとしているのだが、当然強く止められるわけもない。

王子の仲間——取り巻き二人はニヤニヤしながらついてくる。

二人のうち一人はクラース子爵の息子だった。

「こんばんは、ヴィンセント王子殿下。申し訳ございませんが、今夜の催しは招待状をお持ちでない方は参加できないのですよ。そちらのお二方も」

クロードはにこやかに微笑みながら王子に挨拶したが、なぜか迫力があり、取り巻き二人はびくりとする。

しかし、王子はクロードを忌々しそうに見て笑った。

「これは命令だ。入れろ」

「お断りいたします」

「何だと⁉」

「未成年の方をお招きするわけにはまいりません。お酒も供しておりますから」

あえて言及はしなかったが、ヴィンセントはすでに酔っているようだ。

きっぱり断ったクロードは、ジョーゼフに声をかけた。

「ジョーゼフ、殿下のためにお見送りの者を呼んでくれ」

「かしこまりました」

暗に守衛の者たちを呼ぶように言っているのだ。

クロードの毅然（きぜん）とした態度に招待客は感心し、ヴィンセントは唖然（あぜん）としていた。

そこに装いを新たにしたエリーが戻ってくる。

エリーは何事かが起こっていると察して警戒したようだったが、ヴィンセントの姿を見て眉をひそめた。

ヴィンセントもまたエリーに気づく。

「エリー、こんなところで何をしているんだ？」

「あなたこそ、何をしているのよ。騒ぎを起こして、恥ずかしいと思わないの？」

王子に対するエリーの言葉遣いに、周囲がざわついた。

しまった、とオパールが思ったときには遅く、ヴィンセントがエリーを指さして言い放つ。

「国から逃げ出してくるお前のほうが恥ずかしいだろ！　あんな小さい国で――」

「殿下！」

言いかけたヴィンセントの言葉を、クロードが遮る。

その口調はきつく、怒りをあらわにしていた。

「……殿下、人を指さすなんて失礼ですから、おやめになってくださいませ」

緊迫した空気の中、オパールがにこやかに口を挟んだ。

ヴィンセントはまだエリーを指さしたままであることに気づき、慌てて下ろす。

「あ、ああ。お前たちはいちいち煩（うるさ）い。興が削がれた。帰るぞ」

オパールに素直に従ったヴィンセントは、面目を保つように文句を言うと踵を返した。

取り巻き二人もヴィンセントの後を急いで追う。

そこでようやく会場内の張り詰めた空気が緩んだ。

オパールは会場内へくるりと振り返ると、再びにっこり笑った。

すぐにクロードがオパールを支えるように隣に立つ。

「皆様、お待たせしました。エリーが戻ってまいりましたので、パーティーを再開しましょう」

オパールの言葉に皆が沸き、気の利いた給仕たちが素早く新しい飲み物を配っていく。

そして、皆に飲み物が行き渡った頃合で、クロードがグラスを掲げた。

「それでは、美しいエリーとこの慈善パーティーの開催に尽力した妻に、乾杯」

クロードがオパールに乾杯するのはいつものことなのだが、今日はまだ恥ずかしくない内容だったのでオパールは微笑んでグラスを掲げた。

しかし、エリーは顔を真っ赤にしている。

エリーは祖国のルメオン公国でもパーティーに出ることはなかったらしいので、慣れていないのだろう。

その初々しさに、人々のエリーに対する印象が変わった。

先ほどまでは、礼儀もなっていない高飛車な娘だったのが、今では慣れない異国で奮闘している娘なのだ、と。

しかも、身に着けている高価な宝石まで寄付するのだから財産もあり、王子とも親しい間柄となると、皆はエリーの正体に気づいたようだった。

乾杯の後は皆がエリーを取り囲み、我こそはと次々に話しかける。

「言いたいことも不満もわかるけど、頑張って。そして慣れて、見極めて」

助けを求めるエリーにオパールは近づき、こっそり囁いた。

エリーはもうすぐ二十歳になるのだから、社交からはもう逃げられない。

今は叔父であるエッカルト殿下と宰相たちが国政を担っているが、誕生日が来たらエリーが即位するのだ。

また、エリーはエッカルト殿下の長子である従兄との結婚を周囲から望まれていた。

祖国のルメオン公国の社交界では、エリーの二十歳の誕生日に、婚約が発表されるともっぱらの噂である。

それはどうやらエッカルトたちが流したものらしい。

そこまではオパールもルメオン公国での滞在中に調べておいたことである。

ただ、エリーの気持ちはそれとは異なり、ロランのことからも、噂からも、従兄との結婚を望んでいないことがわかった。

(だけど、エリーが本当に望んでいることが何なのかを知らないと、何もできないわ……)

オパールはエリーと同じ十九歳になる年に、いきなり結婚することになってしまった。

選択の余地があったのなら、結婚はしなかっただろう。

何度もこれでよかったのだと言い聞かせている人生ではあるが、それでも『もし』を考えずにはいられないのだ。

それはきっと、あのとき自分で選択できなかったからだ。

自分で選んだ人生なら、後悔はしても受け入れられる。受け入れるしかない。

これまで参加したパーティーとは違って様々な人たちと話すエリーを見守りながら、オパールはこれからのことを考えていた。

「オパール、あまり背負わないでくれ」

「クロード?」

「エリーのことが心配なのはわかる。でも、オパールができることは少ないというふうに考えていないとつらくなるぞ」

「ええ、そうね。ありがとう」

オパールは優しく気遣ってくれるクロードに微笑んで頷いた。

何を考えているか、クロードにはすぐに伝わってしまう。


エリーは会場の向こう側で微笑み合うオパールとクロードを見て、羨ましく思っていた。

何日間か侯爵邸で過ごしてわかったことだが、夫妻は目に見えるほどに愛し合っている。

はじめは船上で聞いたオパールの悪い噂を信じ、ロランを奪われたと思っていたが違った。

ロランとの仲を引き裂かれたことに腹を立てていたが、公爵夫妻を見ていると自分が安っぽい恋をしていたことに気づいたのだ。

それでも、なかなか認めたくなかった。

そんな反抗心も、今夜体験した皆からの残酷な視線、蔑み（さげすみ）によって萎んで（しぼんで）しまった。

オパールはあんなものではすまないほどの侮蔑（ぶべつ）を十六歳から経験していたのだ。

自分がいかに甘やかされた子どもだったか、ようやくエリーは自覚した。

（明日からはきちんとオパールと話をしなくちゃ）

きっとオパールなら、エリーの言葉にはできない複雑な感情を理解してくれる。

これまでのことを謝罪して、相談しようと決心したとき、背後でこそこそ話す声が聞こえてきた。

「――で、結局は謝罪もないのね。殿下が乱入してきたことで、私たちがどれだけ怖かったか」

「ひょっとして、殿下を招いたのは公爵夫人かもよ？　だから、公爵が殿下に厳しく注意しようとしていたときに、遮ったんじゃない？」

「あり得るわね。昔は奔放だったそうだもの。これだって、女性のための自立支援の慈善パーティーだっていうけど、そもそも必要あるかしら？　彼女ほどのお金があるなら、全部自分で賄えばいいのに。私たちからもお金を出させるなんてね」

「そうよねえ。私の支援団体なんて、なかなか寄付が集まらないのに」

色々な人に話しかけられるのに疲れて柱の陰に隠れていたエリーに、女性たちは気づいていないようだった。

エリーも同じように思ってはいたが、他人にオパールを悪く言われるのは許せなかった。

苛々（いらいら）していると、二人の噂話はさらに酷くなっていく。

「いいわよね。陛下の覚えめでたい公爵夫人ってだけで、こんなに人が集まって」

「公爵夫人はお美しいから……何かと手練手管があるんじゃないかしら」

「まあ……」

クスクス笑う女性たちの低俗な言葉にもう我慢できなかった。

エリーは柱の陰からぱっと出て、女性たちを見た。

女性たちははっとしてばつの悪そうな顔をする。

「あなたたち、オパールと同じ女性支援の活動をしているんでしょう⁉　なぜ、そんなことが言えるの？」

女性二人は、オパールと同じように慈善事業に力を入れている夫人たちだったのだ。

エリーは人の顔を覚えるのが得意であり、一度紹介されたら忘れない。

一人はウィタル男爵夫人で、女性が安心して働ける場所を、との考えから工場を運営していると聞いた。

もう一人は先ほどエリーを誤解したクラース子爵の妻で、行き場のない女性の保護活動をしているらしい。

「それに、ヴィンセント……殿下に金魚のフンみたいに引っ付いていたのは、あなたの息子でしょう？　よく、オパールを悪く言えたわね！」

「何ですって⁉」

王宮で一度、ヴィンセントを見かけたときに、一緒にいるのはクラース子爵子息だと、傍に控えていた女官が教えてくれたのだ。

エリーの言葉に子爵夫人はかっとなったようだったが、すぐに冷静さを取り戻したらしい。

笑みを浮かべて自分の言葉を取り繕う。

「公爵夫人の慈善活動は素晴らしいものではありますけど、私たちの寄付金が娼婦たちにまで使われるのはどうかと思っておりますのよ」

「何を――」

「それはあなたの意見かしら？　クラース子爵夫人？」

子爵夫人の差別的な言い分にエリーが反論しようとしたとき、新たな声が割り込んだ。

エリーが振り返れば、オパールが笑みを浮かべて立っていた。

17　新聞

「こ、公爵夫人……あの、今のは……」

オパールの登場に夫人たちは慌てふためいた。

主催者であるオパールの陰口を叩いておいて、耳に入らないとでも思っていたのだろうか。

エリーが冷めた目を夫人たちに向けると、やはり子爵夫人がいち早く笑みを浮かべて意見を口にする。

「公爵夫人、この機会ですから言わせていただきますが、私たちは娼婦の支援には反対ですのよ。今、世間を騒がせている連続殺人事件だって、自業自得というものよ。いい迷惑だわ」

「自業自得？　彼女たちは生きるために必死だったはずです。それなのに無残に殺されたことの何が自業自得なのですか？　憎むべきは犯人であって、被害者ではないでしょう？」

オパールは冷静を装っていたが、本当は怒りで爆発しそうだった。

なぜ無残に殺された女性たちが娼婦だったというだけで、自業自得などという理不尽な扱いを受けなければならないのだろう。

久しぶりにどうしようもない怒りに支配されて、オパールは夫人たちを許す気にはなれなかった。

「それで、私たちとは具体的にどなたのことでしょう？」

「はい？」

「クラース子爵夫人がおっしゃった『娼婦の支援に反対している』方たちはどなたなのですか？　ウィタル男爵夫人の他にはどなたが反対されているのかお教えいただければ、今後は寄付のお願いも遠慮させていただきます。そのほうがお互い気持ちよく活動できるでしょう？」

オパールが笑みを深めて問いかければ、男爵夫人は卒倒しそうなほど青ざめた。

はっきり名指しでこれからはボッツェリ公爵家の催しには招待しないと言われたのだ。

男爵夫人が縋（すが）るように周囲に集まってきた招待客たちに視線を向けても、皆がさっと目を逸らす。

あとはもうクラース子爵夫人しか頼る人はおらず、ぎゅっとその腕を掴（つか）んだ。

すると、子爵夫人は勇気を得たのか、まっすぐに背筋を伸ばしてオパールを見据えた。

「公爵夫人はソシーユ王国出身ですからご存じないかもしれませんが、複数の男性と親密な関係を持つことは、この国では嫌われますのよ」

「あら。ソシーユ王国でも同じですわ」

子爵夫人はオパールの昔の噂を当てこすったつもりだろうが、何の効き目もなかった。

堂々としたオパールの態度は凛（りん）とした美しさがあり、エリーも周囲の者たちも惹（ひ）きつけられている。

タイセイ王国に来てからの二年で、オパールがどういった人物かは、たいていの者たちが理解していた。

未だにあれこれ噂されるのは、嫉妬（しっと）と羨望（せんぼう）のせいなのだ。

「それで、私の活動に反対なさっている方はどなたなのでしょう？　よろしければリストにしていただけると、これから招待状をお送りするときの手間が省けますわ」

オパールは追撃の手を緩めなかった。

内容はどうあれ自分の意見を述べることを否定するつもりはないが、その意見を『みんな』という言葉を借りて主張することは大嫌いである。

そのため、オパールははっきりさせようと追及した。

だが、子爵夫人も言えるわけがない。

実際には同じように陰で反対していた者もいるだろうが、この場でその名を口にすれば皆から口が軽く信用できない女性として、子爵夫人が敬遠されるだろう。

それは社交界から爪弾きにされるも同然だった。

「クラース子爵夫人、他に思い当たる方がいらっしゃらないのなら、そうおっしゃってくだされば よろしいのに」

オパールが優しく微笑むと、周囲から感嘆の吐息が漏れた。

それほどに今のオパールは美しい。

エリーもなぜあれほどオパールに反感を抱いていたのかわからないくらい心を奪われてしまっていた。

しかし、そんな優しい笑みとは裏腹に、オパールはなおも続けた。

「それでは、本題に入りましょう。クラース子爵夫人とウィタル男爵夫人は、なぜ娼婦として生きざるを得ない女性たちの支援に反対なさるのかしら？」

オパールの問い方は巧妙だった。

娼婦という生き方を好きで選んでいる女性は少ない。

それをあえて強調することで、彼女たちは支援されるべきなのだと周囲に伝えていた。

「そ、それは……先ほども申しましたように、複数の男性と親密な関係を持つなんて、ましてやお金をもらうなんて汚らわしいからですわ」

「では、その方たちはどうやって生きればいいのです？　借金の形にされた娘もいます。彼女たちはどうやってその仕事から抜け出ればいいのです？　そのために、しっかりとした支援が必要なのです」

オパールがきっぱり言い切ると、周囲から拍手が起こった。

クラース子爵夫人もウィタル男爵夫人も身の置き場がないというように小さくなる。

そこに、遊戯室から戻ってきたクロードがオパールを抱き寄せた。

「彼女たちに関しては私たち男性側にも問題があります。ですから、私といたしましても国を挙げて解決に乗り出すべきだと考えております。当然、急な改革は混乱をきたしますから時間はかかるでしょうが、それでも諦(あきら)めるつもりはありません」

クロードの言葉に、皆がわっと歓声を上げた。

タイセイ王国でかなり影響力の強いボッツェリ公爵が口にしたことなのだから、きっと近いうちに何らかの動きがあるのだろう。

この騒ぎに他の男性たちも遊戯室から出てきて、今の発言を聞いていたため、これからの国政についての議論が始まった。

音楽は流れているが、ダンスをしている者はおらず、オパールは会場内を見回して苦笑する。

そして改めて、子爵夫人と男爵夫人に視線を戻した。

「お二人のご意見を伺うことができて、とても有意義なひと時を過ごすことができました。この件については意見が合うことはありませんでしたが、また忌憚(きたん)のないご意見を伺う機会があればと思います。それでは、失礼いたします」

オパールは軽く頭を下げて、クロードとエリーと共にその場から去った。

夫人たちに近寄る者はもうおらず、クラース子爵だけが急ぎ駆け寄る。

何か揉めているようだが、オパールたちは気づかないふりをした。

「オパール、騒ぎにしてごめんなさい」

「あなたが謝ることはないわ、エリー。私のために怒ってくれたんでしょう？」

「全部聞こえていたの？」

「大体はね。でもいつものことだから、気にしないで」

「いつものことって……」

ショックを受けるエリーを慰めるように、オパールは微笑んだ。

クロードは二人だけにしたほうがいいと思ったらしく、離れていく。

招待客の相手もしなければならないからだ。

「聞き流すことも大事だけれど、大切なもののためなら戦わないとね。エリーが私のために戦ってくれて嬉しかったわ」

本来なら、このような公衆の面前で誰かを糾弾するようなことはしない。

オパールは自分の影響力の大きさを理解しているからだ。

もうこの国に渡ってきたばかりの頃とは違う。

それでも、時にはその力を行使することも必要だった。

「エリー、パーティーはまだ続くけれど、もし疲れたなら先に休んでかまわないわ。でも、明日になったら、色々なことをゆっくり話しましょう」

「……わかったわ。ありがとう、オパール」

オパールは主催者として、まだまだやらなければならないことがある。

そのため、エリーの傍から離れなければならないことを心配しているのがわかり、エリーは素直に頷きお礼を言った。

すると、オパールは照れたような嬉しそうな笑みを浮かべる。

その笑顔につられて、エリーもまた笑みを浮かべ、会場を後にしたのだった。


翌朝。

新聞の一面にはボッツェリ公爵家での慈善パーティーのことが載っていた。

オパールと二人の夫人たちの対戦——記事にはそうあった——も詳細に書かれている。

誰かが漏らしたのだろうが、オパールに好意的に書かれているので、エリーに不満はなかった。

幸いにして、エリーの正体については触れられていない。

「おはよう、エリー。早いのね」

「おはよう、オパール。私はオパールより先に寝たから」

朝食室にオパールが入ってきて、エリーは慌てて新聞を畳んだ。

それを見て、オパールはくすりと笑う。

もうすでにオパールは部屋で新聞を読んだので内容を知っているのだ。

「昨夜のことが書いてあるのでしょう？　でもその新聞はいつも好意的に書いてくれるから助かってるわ」

「嫌じゃないの？」

「本音を言えば避けたいけれど、立場上どうしようもないもの。だけど、新聞記事も使い方によっては、とても役立つのよ。昨夜はあの騒ぎのおかげで今までで最高の寄付額だったわ。そして、その記事が載ることで、さらに寄付金が集まるのよ。それだけでなく、手伝いたいって人もね」

そう言って、オパールは運ばれてきた朝食を食べ始めた。

この後、いつもならオパールはリュドに朝食を食べさせるのだが、今日は別の予定がある。

新聞に載っていた別の記事がどうしても気になるのだ。

「情報を扱うにもコツがいるけれど、それはクロードに教えてもらうといいわ。ただし、午後にね。クロードは朝が弱いの」

「それは気づいていたわ」

二人は声を出して笑い、また食事を続けた。

そしてあらかた終えたところで、エリーが心配そうに告げる。

「ヴィンセントのことも載っていたわ。大丈夫なの？」

どうやらせっかくの食事に心配事を差し込みたくなかったらしい。

そういう気遣いがエリーはしっかりできる。

「記事の差し止めがなかったのだから、大丈夫じゃないかしら？　今回はそれほど大きな問題でもないもの」

「まあ、それはそうだけど、酔っていたことは書かれていたわ」

「それに関しては、腹が立つけれど男性というだけで若気の至りで許されるのよ。『ああ、俺も若い頃に飲んだなあ』って。未成年飲酒も男性なら、ほとんど経験があるでしょうからね」

「不公平だわ」

「ほんとにね」

不満げにエリーが言うと、オパールは同意して笑った。

オパールが若い頃によく口にしていた言葉なのだ。

そこでふと思い出したことがあり、オパールはエリーに問いかけた。

「……エリーは新聞を毎朝読むの？」

「ええ、もちろん。くだらない記事も多いけど、社会情勢を知る勉強にはなるわ」

「でも今までは、ここでは読まなかったわね。部屋で読んでいたの？」

「それは……まあ、そうよ。家庭教師に人前では読むなって言われていたから。新聞を読む女は生意気なんですって」

エリーの答えにオパールは目を瞠（みは）った。

未だにそんな旧弊な考えを持っているのも驚きだが、そんな人物が公女の家庭教師をしていたことが信じられない。

「その教師の方は女性？　男性？　何歳だったの？」

「女性よ。年は……たぶんクラース子爵夫人くらい？」

クラース子爵夫人は四十代後半だろう。

確か、ヴィンセント王子の腰巾着をしている息子は待望の男の子で、かなり甘やかされていると聞いたことがある。

「他の家庭教師は何と言っていたの？」

「私についていたのは一人だけよ。その鬼のような教師だけ」

「嘘でしょう……」

オパールの口から思わず出た言葉は、大人になってから使わないようにしていたものだった。

それだけ驚きが大きかったのだが、エリーは傷ついたような表情になった。

「ごめんなさい、あなたを疑ったわけじゃないのよ。ただ、公女殿下の家庭教師として一人だけというのはあまりに……」

「少ないわよね。基本的なことしか、教えてもらっていないの。それなのに、今になって将来の大公としてしっかりしなさいって、みんな言うのよ」

不貞腐れたように言うエリーだったが、オパールは同情しかなかった。

今までそんな育て方をされたのなら、反感を抱くのも、実際に反抗するのも当然である。

「今さらなんだけど、どうしてこの国に来ることになったの？」

「いきなり従兄との結婚話を持ち出されて、腹が立って家出しようと思ったの。それで叔父様に協力してくれるよう手紙を書いたら、ひとまず遊びにおいでって手配してくれたの」

「なるほど……」

そして、アレッサンドロはその後の面倒くさいことをオパールに丸投げしたわけである。

オパールはエリーときちんと話をしようともせず、甘やかされた公女として彼女を扱い、さらに反感を買ってしまい、ここまで拗れてしまったのだ。

アレッサンドロにも腹は立つが、オパールは自身に一番腹が立っていた。

（私自身が、あれほど嫌っていた人たちと同じようになってしまっていたわ……）

ルメオン公国に滞在中にエリーの噂を聞き、船上での態度を見て、我が儘な公女だと決めつけてしまっていた。

オパールも昔、ふしだらな娘だと噂され、意地を張って過ごしていたというのに。

ロランがエリーは新聞も読まないと嘆いていたが、それも見せかけだったのだ。

「エリー、私はあなたのお目付け役となってしばらく経つけれど、改めてあなたと上手くやっていきたいと思っているの。仲良くしてくれるかしら？」

「私も……意地を張って悪かったと思っているわ。仲良くしてくれる？」

「では、冷戦は終わり。仲良くしましょう」

オパールが手を差し出すと、エリーは一瞬驚いたようだったが、おそるおそる手を伸ばしてきた。

そしてその手を握る。

二人は握手をして、新しい関係を築いていくことを約束したのだった。

18　尋ね人

「さて、せっかく仲直りができたんだからもっとお話をしたいんだけど、ちょっと出かけないといけなくて。リュドのこと、お願いできる？」

「それはもちろんかまわないけれど、クロードはいいの？」

オパールが残念そうに言うと、エリーは意外そうな顔をした。

おそらく朝の散歩にでも行くと思ったのだろう。

それなのにクロードを伴わないことに驚いたようだ。

「もう少し寝てほしいから。もし起きたら、情報の扱い方について訊いてみて。腹が立つこと間違いなしだから」

「本当に？」

冗談交じりのオパールの言葉に、エリーはくすくす笑う。

今までずっと不機嫌な顔ばかりだったが、笑顔だと年相応の普通の女の子にしか見えなかった。

オパールは部屋へと戻り、着替える前に少しだけリュドの顔を見てから屋敷を出た。

クロードには手紙を残している。

きっと直接言えば心配して付き添うと言い張るに違いなかった。

オパールは使用人用の簡素な馬車で出かけ、途中で手配した馬車に乗り換えた。

車内には普段着のナージャと護衛がいるが、他にも密かに連れている。

これから向かうのは治安がいいとは言えない場所だった。

やがて馬車が止まったのは王都一の歓楽街、クイン通りに建つとある館前だった。

オパールはフードを目深に被って馬車から降り、館内へと急ぐ。

「どうぞこちらへ」

先に連絡を入れておいたので、館内に入ると広いホールに老齢の執事が待っており、オパールを一階の奥へと案内した。

以前、クロードと訪れたときには賑やかだったが、今は午前のためかしんと静まり返っている。

ナージャは初めて訪れたので、フードの中からきょろきょろと館内を見回していた。

護衛はホールで待つ。

オパールが招き入れられた部屋は、廊下の突き当たりにあり、王宮よりも豪奢な調度品で飾り立てられている。

それでも下品に見えないのは、部屋の主のセンスがいいからだろう。

「ようこそ、奥様。本日はどのようなご用件で？」

部屋の中央に置かれた長椅子に優雅に体を横たえた美しい女性が問いかけた。

肘掛けに上体を預け、煙管を吹かす姿は艶めかしくナージャはぼうっと見蕩れている。

「マダム、実は今朝の新聞に載っていた尋ね人の件なのだけれど、何かご存じ？」

「尋ね人ねえ……」

「一昨日も載っていたわ。ここ最近、似たような容姿の若い娘が行方不明になることが多いと思わない？」

「そうだったかしら？」

オパールの質問に、マダムは曖昧に答えただけで、口からふうっと紫煙を吐き出した。

失礼な態度ではあるが、オパールは気にせず続ける。

「最近、私が運営している女性の支援施設の周囲に、カラスが集まってきているらしいの。どうしてかしら？」

「若いカラスは行き場がないからねえ」

「そういうことね。何か対策はないかしら？」

「カラスは悪知恵が働くから気をつけなさいな。執念深いしね。檻の中の小鳥からは餌を掠め取れないから、お腹を空かせているのよ。しかも、最近は特に凶暴化しているわ」

「カラスの寝床はどこかしら」

「昨夜のパーティーは盛況だったそうねえ。闇夜に紛れていればいいのに、カラスは光り物が好きだから。しかもよく鳴くこと」

「寄付はいつでも受け付けているわ」

「興味ないわね。そんなことよりも、今日は旦那様はいないのかしら？」

「私は嫉妬深いの」

「あら、誉められても困るわ」

どこかちぐはぐな会話にナージャは首を傾げた。

だがオパールは軽く頷(うなず)くと、手提げ袋から何か書類を取り出して近くのテーブルの上に置く。

「今日はありがとう。これで失礼するわ」

オパールが挨拶(あいさつ)して踵(きびす)を返し、ナージャは慌てて続いた。

ホールには護衛以外誰もいなかったが、フードを再び目深に被って外に出ると、馬車がすっとやって来て止まった。

「……奥様、あの方がどなたか伺ってもよろしいですか？」

すぐに馬車は走り出し、歓楽街を抜けたところで、ナージャが遠慮がちに訊いてきた。

オパールはちらりと護衛を見てから、ナージャに微笑みかける。

「少し怖い思いをさせてしまったわね。あの方はあそこの……娼館の主人よ」

「え？　娼館だったんですか⁉」

「胡蝶(こちょう)の館という高級娼館よ。そして、マダムはとても情報通なの。ちなみにマダムの本当の名前は誰も知らないらしいわ」

護衛はすでに知っている情報である。

行きにナージャに説明しなかったのは、オパールだけで行くのは危険だと反対されるのを避けるためだった。

しかし、ナージャはどうやら興奮しているらしい。

「マダムはとても綺麗(きれい)な方でしたね！　もちろん奥様もお綺麗ですけど、また違った美しさが——妖艶(ようえん)さがありました！　それにお若いのにあんな立派な館の主人だなんて、すごいです！」

「……マダムはもう二十年はあの娼館を経営しているらしいわ」

「え……」

オパールが苦笑しながら言うと、ナージャはぽかんとした。

護衛はこっそり笑っている。

男性たちの間では有名な話らしい。

また、どんなに身分が高くてもお金があっても、胡蝶の館には簡単には入れない、と。

それでも各国の要人たちは身分を隠してでも館に訪れているらしく、その中にはルメオン公国の高官もいると耳にしていた。

ちなみにマダムを紹介してくれたのは、ソシーユ王国で金貸しをしているルボーだった。

女性のための支援団体をタイセイ王国でも設立するなら、マダムに挨拶しておいたほうがいいと忠告されたのだ。

そして初めて彼女を訪ねて行くとき、心配だからとクロードがついてきたのだが、先ほどはそのことでからかわれたのだった。

行きと同じように途中で馬車を乗り換え、侯爵邸に戻ると、クロードが玄関から飛び出してきた。

「クロード、どうしたの？」

「オパール……無事でよかった。今、迎えに行こうとしていたところだよ」

驚いたオパールの問いに、クロードがほっとして答える。

それからクロードは珍しく厳しい表情になった。

「どうして一人で行ったんだ？　俺も一緒に行ったのに。何かあってからでは遅いんだぞ？」

「護衛はしっかりつけていたし、何も問題なかったわ。とにかく入りましょう」

玄関先でする話ではないので、オパールは屋敷の中へと入った。

ナージャはクロードの様子にどうしたものかと戸惑っている。

「ナージャ、クロードの書斎にお茶をお願いできる？」

「か、かしこまりました」

不安げなナージャが離れると、書斎に入ってオパールはしっかり扉を閉めた。

「クロード、心配してくれるのはありがたいけれど、過保護がすぎるわ。クロードやジュリアンほどではないけれど、私だってそれなりに場数を踏んでいるし、リュドがいて無謀なことをしたりなんてしない。私を信用して」

「……悪かった」

「あんなところで騒いだら、みんなが不安になるじゃない」

「そうだな。すまない」

昨晩は心配してくれるクロードに感謝していたのに、今は過保護だと腹が立ってしまう。

自分でも矛盾しているとわかっていたので、オパールは冷静になろうと深く息を吐いた。

「それに、いざって時には切り札があるわ」

「オパール、それを過信してはダメだぞ」

「それはもちろん。いざって時が来ないように気をつけるわ」

オパールがスカートのポケットを叩くと、クロードは渋い顔をした。

ポケットの中には銃を忍ばせているのだ。

オパールが銃を扱えるようになったのは最近だが、あっという間に腕を上げ、今ではジュリアンよりも的への命中率が高い。

以前、射撃の勝負をしてジュリアンに勝ったことは自信になっている。

クロードの忠告にはオパールも素直に頷いた。

そして二人がソファに向かい合わせで座ったとき、ナージャがお茶を持ってきてくれた。

「ナージャ、先ほどは驚かせてすまなかった。お茶をありがとう」

「い、いいえ！　大丈夫です！　ご心配なさるのは当然ですから！」

オパールはクロードとナージャのやり取りを見て微笑んだ。

クロードは自分が悪かったと思ったことは、相手が誰であろうとすぐに謝罪することができる。

そこもオパールの大好きなところなのだ。

「……寝起きに驚かせてごめんなさい。心配してくれて、ありがとう」

オパールもムキになりすぎたことを謝罪した。

誰だって、妻が歓楽街に出かけると知れば、驚くし心配するし怒りもするだろう。

しかも今は、連続殺人事件がまだ解決していないのだ。

「オパール、愛してるよ」

「なっ、……わ、私だってそうよ！」

突然のクロードの愛の言葉に、オパールは真っ赤になった。

二人はちょっとしたケンカをすることがあるが、仲直りにはいつもクロードが愛の言葉をくれる。

オパールも素直に返せればいいのだが、それがなかなかできないのが悩みでもあった。

「……だから私、マダムに会わせたくなかったの」

「マダム？」

「ええ。マダムはとても綺麗で私とは全然違うもの。もちろん、クロードのことを信じていないわけではないのよ。でもできれば……クロードの目の前から全女性を消してしまいたいくらいなの」

オパールは勇気を出して本音を打ち明けた。

すると、クロードは一瞬の沈黙の後、盛大に噴き出す。

「好きなだけ笑えばいいわ。私はとっても心の狭い妻なの。残念だったわね！」

ふんっとオパールが横を向くと、クロードは立ち上がり、隣に腰を下ろした。

それでも顔を逸らしたままのオパールをクロードが抱きしめる。

「驚いたんだよ。同じことを思っていたから。俺だって、オパールの周りから男を全員消してしまいたい。いつもオパールが頼りにするトレヴァーには嫉妬（しっと）しているし、顔の広いルボーが羨（うらや）ましくもあるし、オパールにまで仕事を押しつける陛下には殺意さえ湧くよ」

「クロード、その言葉はまずいわ」

「それなら、無人島を買って家族だけで住む計画を立てよう。それから島で独立宣言するのもいいな」

トレヴァーやルボーに嫉妬しているというクロードの告白に驚いたオパールだったが、続いた言葉は誰かに聞かれでもしたら不敬罪や最悪謀叛(むほん)の疑いをかけられてしまう。

オパールが窘めると、クロードは壮大な計画まで話し始めた。

自分の告白を笑われて拗(す)ねていたオパールだが、いつの間にかくすくす笑っていた。

「実は、もうすでにいくつかの島に目をつけてると言ったら怒るかな？」

「本気なの？」

笑いも引っ込み目を丸くするオパールに、クロードは気まずそうに頷く。

「もちろん今すぐというわけじゃないよ。リュドはまだ小さいから、これから病気もたくさんするだろう？　だから、子どもの手が離れたらと考えていたんだが、勝手すぎるかな？」

「おもしろそうだわ。ずっとは無理でも、世間から離れたくなるときは絶対あるもの」

「陛下から、とかね」

「間違いないわ」

ひとしきり二人で笑い、冷めかけたお茶を飲んだ。

そして、オパールは先ほどの説明を始めた。

「クロード、今朝の新聞は読んだ？」

「いや、途中までまだ一面だけだな」

「そうよね。私が驚かせたから」

いつものこの時間なら、クロードはようやく仕事を始めるくらいだろう。

リュドが生まれてから早起きする努力はしているようだが、昨夜は遅かったので仕方ない。

軽い朝食をとりながら新聞を読み始めたところで、オパールの不在を――手紙を読んで慌てたのだ。

「ひょっとして、マダムに会いに行ったのは連続殺人のことでなのか？　未だに解決できないのは悔しいが、当局も必死に捜査しているよ」

「それはわかっているわ。新聞には被害者が娼婦だから、当局は手を抜いているなんて書かれているけれど、法務局が――バルバ卿がそんなことを許すわけないもの。そうじゃなくて、私がマダムに会いに行ったのは、尋ね人について訊くためよ」

「尋ね人？」

「ええ。新聞を見てもらったほうが早いわね」

オパールは立ち上がるとベルでメイドを呼び、ここひと月分の新聞を持ってきてくれるように頼んだ。

それを聞いて、クロードは驚く。

「ひと月分？　ずいぶん多いな」

「ええ。私がこの国で、困窮者の支援の団体を立ち上げてから、尋ね人欄は必ず目を通すようにしているの。家出した女の子が団体で保護されているかもしれないし、家族が捜しているかもしれないでしょう？」

「ああ、それはわかっているよ。それに、家族が捜しているからといって、すぐに施設から出すわけでも、家族に面会させるわけでもないよな」

クロードがきちんと理解してくれていることがオパールは嬉しかった。

都会に憧れて家出してきただけならいいのだが、家庭に問題があり家を飛び出した若者もいる。

基本的には女性支援が主だが、生活に困窮していたり、何かの問題を抱えていたりするのなら、老若男女問わず受け入れる団体も設立していた。

活動は主にオパールが表立ってしているが、クロードも陰からしっかり支えてくれているのだ。

「奥様、ご要望の新聞をお持ちいたしました」

「ありがとう」

大した時間もかからず、ジョーゼフが従僕とともにひと月分の新聞を持ってきてくれた。

他に用事がないかとメイドも控えていたが、お礼だけ言って下がってもらう。

オパールはひとまず記憶にあるだけの日付の新聞を束から抜き出した。

「とりあえず、これらを見てほしいんだけど……」

新聞をめくり、尋ね人の小さな欄を示す。

クロードはさっと目を通していき、今朝の新聞まで見終えると納得の言葉を口にした。

「なるほど。これは確かにおかしいな。尋ね人の名前が載っていない。それなのに少額とはいえ懸賞金がついていて、連絡先は新聞社になっている」

「そうなの。今までにも名前を伏せている場合はあったわ。家名をさらしたくないとかの理由で。だけど、こんなに多くなかった。懸賞金つきもね」

「ああ。それに今朝の尋ね人は名前が載っているが、特徴がこの五日前に懸賞金がついている人物とほとんど同じだ。そうして見ると、同じようなことがこのひと月で三件も起こっている。しかも皆、金髪に青か緑の瞳（ひとみ）の若い女性だ」

再び新聞に視線を落としたクロードは、はっとして顔を上げた。

クロードの言いたいことを理解して、オパールは頷（うなず）く。

「以前、保護施設で聞いたことがあるの。その、娼婦として人気なのは金髪に青か緑の瞳の子だって」

「まさか家出した娘を集めるために、家族のふりをして懸賞金をかけ町の人たちに捜させているのか？　家に帰りたくない子たちは、家族に会っても知らないと言い張る場合もある。抵抗しても周囲にはそう見えるだろうからな」

「ええ。それでマダムに確認にいったの。どうやら支援団体が王都に保護施設を二か所も作ったからか、昔のように若い娘が騙（だま）されたりしなくなって集まらなくなったみたい」

「それじゃ、オパールが恨みを買っているってことじゃないか！」

クロードは焦りと心配、怒りがない交ぜになったような大きな声を発した。

マダムからもそう忠告されはしたが、オパールはそのことには触れなかった。

カラスも小鳥も裏の世界で使われる隠語である。

「今はとにかく、その尋ね人の依頼人について、新聞社に問い合わせたいの」

「オパール、これ以上は――」

危険だと言おうとしたクロードの言葉を、ノックの音が遮った。

応じれば、ナージャが焦った様子で飛び込んできた。

「ナージャ、どうしたの？」

「エリー様がいなくなったそうなんです！」

19　不明

「エリーがいなくなったってどういうこと？　一人で出かけたということ？」

「そうみたいです。エリー様付きの子たちが騒いでいて、どうしたのか訊いたらお姿が見えないって。どなたかからの手紙を受け取ってから様子がおかしかったと」

「屋敷の中はすべて捜したのか？　リュドの部屋は？」

「今、ジョーゼフさんが指揮されてもう一度捜していますが……」

オパールとクロードは書斎を出ながら、ナージャに詳しく訊いた。

屋敷内はいつの間にか慌ただしくなっており、この騒ぎでエリーが出てこないのならいないのだろう。

わざわざ隠れているとも思えない。

「そうね。きっと屋敷にはいないわね。その手紙というのは、あるの？」

「わかりません」

ナージャはオパール付きの侍女なのだから仕方ない。

エリー付きの侍女に詳しく訊くためにも、オパールは二階へ向かった。

逆にクロードは外へ向かう。

おそらく厩舎へ行って馬車を出していないか、エリーを見かけていないか確認し、同時に捜索の手配をするのだろう。

「いつ頃からエリーを見ていないの？」

「奥様がお戻りになったときにはいらっしゃいました。それからは……」

言いにくそうにエリー付きの侍女は答えた。

どうやら玄関先でのクロードとのやり取りに侍女たちは気を取られたようだ。

その隙にエリーは屋敷から抜け出した可能性が高い。

（そうよね。あれだけ騒いだのに、エリーが顔も出さないなんて、私が心配するべきだったのに……）

エリーと和解したからと、そのせいで油断してしまっていた。

もちろん、朝のエリーの態度が嘘だったとは思っていない。

それくらいの見る目は、オパールにだってある。

素直になったエリーが誰にも行き先を告げずに、こっそり屋敷を出るなんて、とそこまで考えてオパールははっとした。

「まさか……」

手紙はない。差出人はわからないが、エリーがオパールたちに隠れて会わなければいけない人物なのだ。

そしてエリー・クランプの居場所は新聞を読んでいる者なら、誰でもわかる。

「クロード！」

「どうした？　何かわかったのか？」

オパールは急ぎ階段を駆け下り、クロードを呼んだ。

クロードは厩舎から戻ってきたところだった。

「エリーはきっと、ロランに呼び出されたのよ！」

「ロラン？　詐欺師のロラン・バートン？」

「ええ。ロランがこの国にやって来たという報告は受けていたわ。彼の見張りに連絡を取ればどこにいるかわかるはずよ」

「わかった。じゃあ、俺は陛下への報告と人員を借りてくるから、オパールは――」

「私も行くわ！　ロランがいる場所は報告を受けているんだもの！」

一緒に出ようとするオパールをクロードが引き留める。

「ダメだ、オパール！」

「危険だからなんて理由は――」

「そうじゃない。ここにいてくれないと、誰が指揮するんだ？　それに単にエリーが悪戯心で抜け出しただけなら、オパールが一番に迎えて、一番に叱らないとダメだろう？」

本当はここでの指揮はジョーゼフがいれば大丈夫だ。

エリーがひょっこり帰ってきたなら、後でたっぷり叱ればいい。

それでも、クロードはオパールを心配して、プライドを傷つけないように、意地を張らないようにそう言ってくれたのだ。

確かに、もし何かあったときにはオパールは足手まといにしかならないだろう。

徐々に冷静さを取り戻したオパールは、きゅっと唇を噛みしめクロードを見つめて頷いた。

すると、クロードはほっとした様子でさらに言う。

「それに、心配するのは当然だが、エリーには間違いなく護衛がついているはずだ」

「あ……」

クロードに言われて、ようやくオパールも気づいた。

抜け目のないアレッサンドロがエリーに護衛をつけていないわけがないのだ。

クロードやオパールに告げていないだけで、侯爵邸の外に護衛を配置していたはずである。

そもそもエリーはオパールに反発していたのだから、抜け出すことも想定していただろう。

それでも、多勢に無勢ということもある。

エリーを守るだけで精いっぱいで、報告が遅れている可能性が大きかった。

「ありがとう、クロード。あなたも気をつけて」

「ああ。ありがとう」

クロードはオパールを抱き寄せてキスすると、再び外へと出ていった。

玄関前にはすでに馬と護衛を数名待機させている。

クロードは馬に跨がると安心させるようにオパールに笑顔を向け、馬に合図を送って駆けだした。

遠ざかるクロードの背中を見送ったオパールは、すぐに屋敷内へと踵を返す。

そのまま書斎へと戻り、クロードの椅子に腰を下ろした。

手紙を書かなければと思うのだが、上手く考えがまとまらない。

ロランがルメオン公国行きの船に乗ってから、次の港ですぐに引き返し、タイセイ王国へとやって来たことは、オパールたちが帰国して三日後には報告を受けていた。

その間、ロランは現金の入った鞄を肌身離さず持っていたらしい。

船から下りたロランは汽車に乗って王都に到着すると、迷うことなくまっすぐクイン通りの裏にある安宿に入ったそうだ。

そこから誰に接触するのか見張りを続けたが、ロランが部屋から出ることはなく、部屋まで宿の者が食事を届けていたらしい。

（ロランは誰かを待っているのかと思ったけれど、違ったの？　それならいつまでもロランが宿に引き籠もっていた意味がわからないわ。つけられたことに気づいたのなら、引き籠もらず逃げるはず……。やっぱり誰かの命令だった？　いえ、それなら私をターゲットに変更するなんて変よね。単に、もっとお金が欲しくなってエリーの誘拐を企んだのならいいけど……）

ただの詐欺師ではなく、ロランが大きな犯罪グループの末端だったのなら、エリーの身が危ない。身代金を要求された時点で、人質は殺されている可能性が大きいからだ。

ロランにつけている見張りがエリーの護衛と共闘してくれればいいが、呼び出したのがロラン本人とは限らなかった。

さらには、オパールを——女性支援の活動を恨んでいる者たちの犯行も考えられる。

（ロランが犯罪グループの一員だったのなら、ロランとエリーの仲を知って利用することにしたのかしら？　女性誘拐グループが関わっているのだとすれば、かなり厄介だわ）

もしエリーに何かあれば、オパールの責任より何より、国家間の大きな問題に発展してしまう。いくらエリーが勝手に抜け出したといっても、言い訳にもならないのだ。

（そうよ。そもそもそれが狙いの可能性も……）

ただの犯罪グループとしての考えを変えたとき、オパール宛てに手紙が届いた。

差出人はなく、明らかに怪しい。

急ぎ封を開けて読むと、予想通りオパール一人を呼び出すもの。

お決まりの『誰にも知らせるな』ともあった。

（こんなあからさまな罠……）

エリーの行方がわからなくなって騒ぎになっている中、誰にも知らせないほうが難しい。

一瞬、アレッサンドロの悪戯かとも思ったが、さすがにそこまで趣味は悪くない。……はずだ。

明らかに罠でも、エリーを人質にされて無視するわけにはいかない。

オパールは書斎の中を歩き回りながら必死に考えた。

やはり答えは一つしかない。

オパールは急ぎマダムとクロードに宛てて手紙を書き使いに託した。

それから書斎を出て階段を駆け上がると、子ども部屋へと入る。

「奥様……」

屋敷内の騒ぎで乳母のアーシャは不安になっているようだ。

オパールは安心させるように微笑むと、リュドをぎゅっと抱きしめた。

「アーシャ、私はちょっと出かけてくるから、リュドをお願いね」

「大丈夫なのでしょうか?」

「ええ。またエリーが騒動を起こしたのよ」

「そうなんですね」

エリーの今までの言動のおかげというのはおかしいが、アーシャは納得してほっとしたようだった。

オパールはもう一度リュドを抱きしめ、柔らかな頬にキスをしてアーシャに託す。

「それじゃあ、行ってくるわ」

「はい。いってらっしゃいませ」

子ども部屋を出たオパールは、クロードの書斎に戻って必要なものを用意した。

そして、心配するジョーゼフに留守にする間をお願いし、屋敷を出ると辻馬車で指定された場所——鉄道駅に向かう。

駅に着いたオパールが辺りを見回していると、靴磨きの少年が近づいてきて小さな紙を渡された。

そこには、次に向かうべき場所が書かれていた。

(なるほど。これはなかなか用心深いわね)

再び辻馬車で王都の中心街にある噴水広場に到着すると、今度は花売りの少女から小さな紙切れを受け取る。

その指示通りに歩いて裏通りに入ったところで、見知らぬ馬車に引きずり込まれそうになった。

だが、とっさに片足を車体にかけて突っぱねる。

すると悪態をつく声が聞こえ、車内に目を向けたオパールは力を抜いた。

途端に引っぱり上げられ、縛られたエリーの隣に押し込められたのだった。

20 誘拐

「ちっ！　手間をかけさせやがって！」

馬車の扉がバタンと閉められ、苛立つ男の声が聞こえた。

オパールはエリーから引き離され、向かいの席に乱暴に押しつけられる。

男は縄を持っており、オパールを縛ろうとしていた。

「私を縛る必要はないわ。エリーがいる限り私は逃げたりしないもの」

「信用できるか！」

「なぜ？　私はエリーのためにわざわざ一人で出てきたのよ？」

オパールがそう言うと、男は納得しかけた。

そこに新たな声が割り込む。

「やっぱりお前ら、グルだったんだな⁉」

「あら、ロラン。こんなところで会うなんて驚いたわ。あなたも捕まったの？」

馬車に引きずり込まれようとしたとき、エリーの他にロランの姿も見えたのだ。

わざと気づかなかったふりをして訊ねれば、ロランはさらに怒りを募らせた。

「馬鹿にするな！　俺を騙しやがって！」

怒鳴るロランにエリーは怯えている。

だが、オパールは逆にむっとしてみせた。

「騙したってどういうこと？　私が投資した五千万はどうなったの？」

そう問いかけると、ロランは戸惑い眉を寄せた。

船で会ったときには美青年だったロランだが、今はやつれて十歳くらい老けて見える。

「詐欺だってわかっていて、俺を嵌めたんじゃないのか?」

「嵌めた?」

「エリーとグルだったんだろう⁉」

「いいえ。エリーとはあのときが初対面だったわ。ただ、エリーのことは面倒を見るようすでに頼まれていたから、あなたたちを引き離そうとしたのよ。申し訳ないけれど、あなたのような新興投資家ではお相手として認められないから。そのついでに、投資話に乗ったのにひょっとして嘘だったの? また会うのを楽しみにしていたのに、これはないわ」

オパールが真実を交ぜて話せば、ロランはうろたえた。

そこに、もう一人の男が焦れたように口を挟む。

「ロラン、騙されるな! お前は金を受け取ってからずっとつけられていたんだろう⁉」

「あ、ああ、そうだ! 銀行からずっと、俺を見張っていたやつがいたんだ!」

「何のこと?」

オパールは本気で意味がわからないというふうに問いかけた。

それからやっと理解したとばかりに、目を丸くする。

「ちょっと待って。じゃあ、詐欺だったってことは、エリーへの気持ちも嘘だったの?」

オパールの迫真の演技に、ロランだけでなくもう一人の男も困惑したようだ。

エリーは俯き涙をすすっている。

「わ、私……ロランから会いたいっていう手紙をもらって……。でも、ロランに恋しているって思っていたのは勘違いだったってわかったから、謝ろうと思ったの。なのに……」

震えながら告白するエリーを見て、オパールは大きく後悔した。

エリーを傷つけないよう、ロランが詐欺師だと教えなかったがために、こんなことになってしまったのだ。

とにかく今は、エリーの護衛とオパールが密かにつけさせていた護衛が助けてくれることを願うしかない。

おそらく馬車が止まり、オパールたちが捕らえられる場所が定まるまで、待機しているのだろう。

クロードもエリーを助けるために動いてくれているのだ。

それまでエリーを守り、黒幕をはっきりさせてみせる。

オパールは強く決意しつつ、エリーに同情する演技を続けた。

やがて馬車が止まったのは、クイン通りの裏手にある荒んだ雰囲気の建物だった。

この辺りは表通りより劣る娼館や賭博場が建ち並んでいる。

オパールは男に強く腕を掴まれ、縛られたエリーを連れたロランの後に続いた。

縛られた女性を連れ込むことを隠そうとしないことで、日頃から行われている所業だとわかる。

さらによくないのは、オパールやエリーに目隠しをしていないことだった。

どうやら生かしておくつもりはないらしい。

オパールは周囲からの下卑た視線に怯むことなく、逆に睨みつけた。

「……ねえ、ロラン。あなたが詐欺を働いたのはわかるわ。でもこれは何？　身代金目的の誘拐？

あなたは最初からこんな犯罪組織に加担していたの？」

「う、うるさい！　俺だってまさかこんなっ！」

汚らしい一室に押し込められたオパールは、ロランに信じられないというように質問した。

すると、ロランは嘆くように叫び、部屋を出て鍵を閉める。

残念ながらオパールとエリーは閉じ込められてしまったのだ。

「エリー、大丈夫？」

「わ、私は……もう耐えられそうにないわ……」

「そうよね。でも頑張って耐えて。きっともう少ししたら、助けがくるから」

「本当に？　そんなの……ねえ。なぜオパールはそんなに落ち着いていられるの？」

エリーはぐったりしてぼろぼろのソファに倒れるように腰を下ろした。

縛られたままの腕が痛いのか、涙に濡れた顔をしかめる。

だが、オパールが明るく励ますと、不思議に思ったようだ。

「閉じこもったり閉じ込められたり、攫われたり縛られたり、昔からよくあるのよ。まあ、今回は屋根裏部屋じゃないけれど」

「……よくある？」

「ええ。私の兄がそれはもう意地悪な人でね、毎日ケンカばかりだったわ。今も――」

言いかけたオパールは扉が突然開いたことで口を閉ざした。

乱暴に扉を開け入ってきたのは先ほどの男で、両手にはスープらしきものが入った器を持っている。

「……ロランはどうしたの？」

「あいつはお前らに情でも移して逃がそうとするかもしれないからな。そうそう。逃げようったって、無駄だぜ？　廊下にも外にも見張りはいる。もし逃げようとでもしたら、また新聞にデカデカと載ることになる。それじゃ、これからたっぷり働いてもらうから、今のうちにしっかり腹ごしらえしとけよ。朝まで何も食えねえぞ」

男は卑猥な目でオパールとエリーを舐めるように見ながら脅し、楽しそうに笑って出ていった。

そして、扉が閉まると再び鍵をかける音がする。

「やっぱりね……」

「な、何？　何なの？」

オパールが呟くと、エリーはがたがた震えながら問いかけた。

エリーは今まであのような粗暴な男に会ったことがないため、恐怖でいっぱいなのだろう。

すべてを話せば恐怖は消えるかもしれないが、エリーに怖がる演技ができるとも思えない。

そこで、少しだけ安心する要素を伝えることにした。

オパールはエリーの足元に屈んで、小刻みに震える縛られた両手を包んだ。

「彼らはたくさんの失敗をしているわ。まずは私を縛らなかったこと。エリーの縄を解いて逃げ出すかもしれないのにね」

「に、逃げたって無駄だって言ってたわ。見張りがいるし、それに……」

男はまた新聞に載ると言っていた。

要するに、今世間を賑わせている連続殺人事件――娼婦をめった刺しにして殺したのは彼らなのだろう。

きっと逃げ出そうとした女性を見せしめとして殺したのだ。

しかし、それをエリーに告げることはしなかった。

ついでに、彼らがオパールとエリーを殺すつもりはないということも。

目隠しをされなかったときは、殺されるのかと思ったが間違いだった。

おそらく、オパールたちにはこのまま客を取らせるつもりなのだ。

あの男たちは、こうして女性を攫ってきては、娼婦として働かせていたのだろう。

部屋に押し込められたときに、そっと窓の外を覗けば、見張りらしき男たちが何人かいた。

彼らは別に、オパールたちを逃さないために配置されたわけではなく、常日頃から女性たちを見張っているのだ。

今までそれで通用してきたので、傲慢にもオパールたちが逃げ出せるわけがないと思っているらしい。

とにかく、男たちの企みをエリーに悟らせるわけにはいかなかった。

「囚われのお姫様には必ず助けがくるのよ」

「そんなの、おとぎ話だわ」

オパールが子ども騙しの慰めを言っているのか、エリーはムッとして言い返してきた。

これくらいのほうがエリーらしい。

オパールはエリーの縛られた手を優しく撫(な)でながら続けた。

「痛いと思うけど、もうしばらく縛られていてね。これを解いたところを見つかったら、私まで縛られてしまうから」

「ずるいわ」

「ええ、そうね。でも、いざってときに役に立つのは私だから、私のほうが自由に動けたほうがいいのよ」

「そんなの言い訳だわ」

昨日までの生意気なエリーが戻ってきたことで、オパールはほっとして微笑んだ。

ずいぶん気持ちも落ち着いたようだ。

これなら、もう少し話してもいいだろう。

「彼らの失敗をもう一つ教えるわね。あなたは嫌かもしれないけれど、陛下があなたには密かに護衛をつけているのよ」

「じゃあ、どうして助けてくれないの？」

「今は多勢に無勢だから。下手に動いて救出に失敗するより、応援を待ったほうが確実だわ」

そう言い聞かせながら、オパールは本当にそうだろうかと思った。

エリーを本気で守るのなら、侯爵邸を抜け出した時点で止めればよかったのだ。

その後、ロランと会ったときも、どうにかしてエリーを守ることはできたはずである。

そもそも、先ほどこの建物に連れ込まれるときに、建物の陰からにやにやしながらジュリアンが見ていたのがいい証拠だった。

「やられたわ……」

「どうしたの？　どこか痛むの⁉」

深くため息を吐いたオパールを、エリーが本気で心配してくれた。

今までで一番顔色も悪くなっており、縛られた手で必死にオパールに触れて怪我の有無を調べてくれる。

こんなに優しい子をこんな目に遭わせるなんてと、オパールは怒りで腸が煮えくり返っていたが、安心させるように微笑んだ。

「大丈夫よ。心配してくれてありがとう。ちょっと兄のことを思い出したら腹が立っただけ」

「お兄様のこと？　そんなに仲が悪いの？」

「ええ、最悪よ。それよりも、もう一つ安心してもらうために言うけれど、私もここに来るまでにちゃんと護衛をつけているのよ。そして、その護衛にはすぐに動かないように指示してあるの」

「どうして？　こんなに怖くて痛い思いをしているのに？」

「今回のことを、ロランたちが主導でやったと思う？　絶対に別の誰かが指示しているのよ」

「ロランは命令されてやったってこと？　私のことが好きだっていうのも、命令されて？」

エリーの不安を取り除くために伝えたのだが、別方向に捉えてしまったらしい。

本当は好きではなかったと、わざわざ謝罪しようとしたことからも、エリーはあまりにも純粋すぎる。

どうにかして、ロランは悪者ではないと思いたいのか、自分が騙されたことを信じたくないのか難しいところだった。

そのため、オパールははっきり言う。

「命令されていても、そうでなくても、ロランが悪事を働いたのは事実よ。いい人そうに見えても悪い人なんてたくさんいるわ。特にエリーの周りにはこの先、そんな人ばかり群がってくるのよ」

「……じゃあ、誰も信じるなってこと？　私自身に魅力がないから……」

「そうじゃないわ。エリーは魅力的よ。だけど人の心は複雑だから、エリーに惹かれながらも、その気持ちを押し隠して使命を全うする人も多くいるわ」

「使命？」

「たとえば、密偵。エリーは近く、ルメオン公国の大公となるのよ？　公国から産出される資源を欲しがる国は多いもの。自国のために使命を持って動いている人も多いわ。それが善か悪かも定かではないわね」

「まさか、それで私は閉じ込められたの？　お金が目当てじゃなくて、鉱石が目的？　だってロランも鉱石の採掘権がどうとか言っていたわ！」

なかなか鋭いところを突いてきたが、オパールの考えは違った。

正直なところもっと悪い。

おそらくアレッサンドロも同じ考えで、黒幕をあぶり出そうとしているのだろう。

「……それくらい、エリーの周りには欲深い人が集まると覚えていて。だから、見極めが大事なの。敵か味方か。信用できるかできないか。さらには信頼できるのか」

「そんなこと私にできると思う？」

「できるわ。今は難しくても、これから学ぶことはできるんだから」

「じゃあ、ここから出たらちゃんと教えてくれる？」

「……私にできるなら」

オパールが明言を避けたのは、この先のエリーの言動一つで世界経済が動くからだ。そこまでの重荷を負うべきなのか、オパールは決めかねていた。

きっとクロードなら後押ししてくれるだろう。

だが、リュドのことを考えるとためらいが生じてしまう。

将来のリュドのために、今のリュドを蔑ろにするのは間違っている。

あれこれ考えるオパールの様子を見て、エリーが申し訳なさそうに口を開いた。

「ごめんなさい、オパール。何もかも私のせいね」

「……え？」

「五千万を失ってしまったのも、リュドとの時間を奪って社交に付き合わせたのも、生意気な私の相手に苦労したのも、こうして捕まってしまったのもよ。巻き込んでしまって、本当にごめんなさい」

オパールが急に黙り込んでしまったからか、エリーは謝罪を始めた。

しかし、泣きそうになっていた顔には強い決意が表れてくる。

エリーはオパールの手を縛られた手で強く握った。

「大丈夫よ、オパール。ここから出たら、私はちゃんと勉強するし、我が儘も言わない。社交もお休みして、オパールがリュドと一緒にいられる時間を増やすわ」

今度はエリーがオパールを励ましてくれているのだ。

その内容はほとんど自分のことだったが、それでオパールが助かるのも事実だった。

しかも、オパールがリュドを大切にしているのもわかってくれている。

やはりエリーを放ってはおけない。

オパールはくすりと笑って、エリーの手を握り返した。

「ありがとう、エリー。少し考え事をしていただけだから、大丈夫よ。たぶんだけれど、私はエリーに巻き込まれたわけじゃないと思うわ」

「どういうこと？」

「私が女性支援の団体を立ち上げたことによって、不利益を被る人たちがいるのよ」

「不利益？」

「ええ。今まではなら行き場のない女性を集めてこういう場所で働かせるのは簡単だったんでしょうね。それが、保護施設ができたことで、不運な女性たちに避難場所ができたのよ。それどころか、無理やり娼館で働かされていた女性が逃げ込む場所にもなっているから」

「そんなの……そんなの、ただの逆恨みじゃない！」

「常識が通じる相手でもないから」

ロランがどの立場にいるのかはわからないが、エリーを攫って得する者とオパールを排除したい者が共謀したのだろう。

だが、所詮は付け焼刃だ。

上手くいくとはオパールには思えなかった。

「それにしても、私たちの王子様は遅すぎると思わない？」

オパールがそうぼやくと、エリーはくすりと笑い、わざと唇を尖らせる。

「オパールには立派な王子様がいるけれど、私にはいないもの」

「わからないわよ？」

エリーが拗ねたように言うのでオパールが曖昧に答えた。

すると、エリーが嫌そうに首を横に振る。

「まさか、あの反抗期の従弟のことじゃないわよね？　それとも、叔父様のこと？　王子様と言うにはちょっと……」

その想像がおかしくて二人で噴き出したとき、俄かに階下が騒がしくなった。

「やっと王子様が現れたのかしら？」

「だとしたら、もう少し静かに登場したほうがよくない？」

「白馬に乗っていたらそれも難しいわよ」

オパールは緊張しつつも冗談を言うと、エリーも応えてくれる。

もし本当にクロードたちが乗り込んできたのなら、このままだとオパールたちは人質に取られるだろう。

オパールは右手をスカートのポケットに忍ばせて銃を握り、エリーと一緒に部屋の隅へと移動した。

しかし、扉はけ破られることもなく、鍵をゆっくり開ける音がして、入ってきたのは妖艶な美女だった。

21　王子様

「まあ！　噂以上に美人じゃない！」

人相の悪い屈強な体躯の男たちを従えて入ってきたのは、胡蝶の館のマダムだった。

その後ろに、困惑した様子の身なりのいい男がいる。

オパールはその男をさりげなく見つめて観察した。

（どこかで見たことがあるような……？）

記憶を呼び出そうとしていると、男はマダムを遮るようにオパールたちの前に立った。

エリーはすっかり怯え、縛られた手でオパールにしがみついている。

「マダム、お待ちください。こちらは、お売りするわけにはいかないのですよ」

「あら、どうして？　今まではどんな娘でも売っていたのでしょう？　私にも売ってくれればいいじゃない。こんな娼館、いつでも潰せるのよ」

「そ、それは……」

「この辺りで私に隠し事はできないの。それにしても、こんな上玉を店に出せると思うと興奮するわ。ねえ？」

男はオパールたちを売るまいと焦っているが、マダムは意にも介していない。

従えている男たちに同意を求めると、ゆっくりオパールたちへ歩み寄った。

そして、白魚のような手を伸ばしてオパールの顎を掴み、上向かせる。

「まさか、ボッツェリ公爵夫人を買うことができるなんてねえ」

恍惚とした表情でオパールを眺め回し、その名を口にすると、男が「ひいっ！」と悲鳴を上げた。

オパールの正体を知られていることに驚き恐れているらしい。

「私を店に出せると思うの？　すぐに誰かが気づいて夫に知らせてくれるわ。そうなったら、王宮の兵士たちまでが助けに来るでしょうね」

「あら、そうかしら？　ボッツェリ公爵夫人をひと時でも手に入れることができるなら、きっと行列ができるわよ。それに、一度店に出たなら、うちの商品だからね。国王陛下だってどうにもできないわ。お互い干渉しない。それが不文律ってもんだからねえ」

オパールの言い分には取り合わず、マダムは振り返って男を見た。

男はどうしたものかと両手をこすり合わせておろおろしている。

「オパール……」

不安げなエリーの小さな声が狭い室内に消えていく。

オパールはエリーにウィンクして、平気だと伝えた。

そのとき、マダムが伝えた金額に、男は驚き腰を抜かす。

「に、二億⁉」

「一人一億よ。私の店に出せば、すぐに元は取れるだろうからね。言っておくが、ここじゃ、それだけ払える客は来ない。さっさと私に売るのが賢い商売の仕方よ。交渉には応じないからね。ああ、もっと安くてすむなら、それには応じ――」

「売ります！」

驚きも束の間、男はすぐにマダムに応じた。

ごねて値を下げられては堪らないと思ったのだろう。

「ただし、即金でいただきますよ」

「ええ、いいわ。用意はしてあるからねえ」

マダムは男の無茶な要求にも驚くことなく、即座に頷(うなず)いた。

すると、従えている男の一人が前へと進み出て、両手に持っていた鞄(かばん)をどんと床に置く。

「ま、まさか……」

男がぶるぶる震えながら言うと、マダムは妖艶な笑みを浮かべた。

「何事も信頼が大切だからね。今すぐ調べてもらってもかまわないわよ？」

「は、はい……」

男は床に膝をついて鞄を開けると、息をのんだ。

エリーもはっとして、オパールの腕を掴む力が強まる。

室内には男が札束を急ぎ確認する音だけが響き、どこかから聞こえてくる嬌声がやたらと大きく感じられた。

しばらく後、二つ目の鞄を閉じた男が立ち上がり、マダムへと頭を下げる。

「しっかり数えたわけではありませんので、確かにとは言えませんが二億受け取りました。すぐにその女たちの売買証明書をご用意いたしますので、別室にお願いいたします。できれば、そちらの方に鞄をそこまで運んでいただけませんか？」

「わかったわ。お前が運んであげなさい。それと、お前はこの部屋に残って二人を見張っておきなさい。傷でもついては大変だからねえ」

「はは。さすがマダムは抜け目がないですなあ」

男の要望に応じたマダムは、従えている男たちに命じた。

身なりのいい男はマダムの先に立って部屋を出ていき、屈強な男が一人、マダムの命令に従って部屋に残る。

残った男は無言のまま、閉まった扉の前に立った。

これではもう逃げられそうにない。

エリーが先ほどまで抱いていた希望が崩れていく中、オパールは先ほど嫌な男が置いていったスープらしきものが入った器の中を覗き込んだ。

「昼食はまだだったから、お腹が空いてきたけれど、これは美味しくなさそうね」

「オパール？　何でそんな……」

呑気なのと言いかけて、エリーはもう声が出せなかった。

実際、侯爵邸を出てから何も食べていないどころか、飲み物も口にしていないのでかなり喉が渇いていることに気づく。

それでも、何か食べられるほどの気力はなかった。

「ほら、よく言うじゃない。腹が減っては戦はできないって。だからエリー、これからもどんなことがあっても食事だけはきちんとするのよ。あ、もちろん毒には気をつけてね」

ふふふと笑いながら言うオパールを男がじろりと見る。

エリーははらはらしたが、オパールは気にしていない。

「心配しなくても、彼は私たちに何もできないわ。むしろ私たちに傷がつかないよう守ってくれるくらいよね？　感謝しないと」

「でも……」

「エリー、心配しないで」

オパールがあまりに落ち着いているので、エリーも少しずつ緊張を和らげた。

ところが、マダムたちが戻ってきた途端、泣きそうになる。

「マダム、この子の縄を解いてあげてくださいませんか？　すり切れて傷ができていますもの」

「あら、そうねえ。逃げないと約束するならかまわないわよ」

「大丈夫よね、エリー？」

オパールがエリーを気遣い、マダムに要求するとあっさり通った。

その不自然さに気づかず、エリーは今にも倒れそうになりながらマダムの用意した馬車に乗り込んだ。

そして、胡蝶の館に到着してもうなだれたまま裏口から中に入る。

そのままオパールの後をついて歩いていたエリーは、いきなり明るい場所に出てはっと顔を上げた。

部屋の中は異国情緒漂う豪奢な内装なのだが、何より驚いたのはまるで部屋の主のようにどっかり椅子に座るアレッサンドロがいたからだ。

「叔父様……？」

「エリー、冒険は楽しかったか？」

「な、何で……？」

エリーはアレッサンドロが突然現れたことで理解が追いつかないようだ。

その姿をオパールは気の毒そうに見てから、アレッサンドロの傍に立つクロードに視線を向けた。

クロードはもの言いたげにオパールを見る。

これは後でこってり怒られるなとオパールが覚悟したとき、エリーが叫んだ。

「まさか全部嘘だったの⁉　みんなで私を騙したのね⁉」

恐怖から安堵に、そして怒りに変わったのか、エリーは涙を流して頭を抱えている。

それだけ怖い思いをしたのだから当然だろう。

しかし、アレッサンドロは宥めようともせず、肘掛けに腕を預けて足を組んだまま。

「それは違うぞ、エリー」

「何が違うのよ！　そもそもおかしいと思ったのよ！　オパールは冷静すぎたもの！」

冷ややかなアレッサンドロの声にも怯まず、エリーはびしりとオパールを指さした。

恐怖から解放されたエリーはオパールに怒りの矛先を向けたようだ。

そんなオパールを守るように、クロードが近づき抱き寄せる。

「エリー、君が何事もなく助かったのは、オパールのおかげだ」

「どこがよ！　自分だけ自由のままで、私は縛られてこんなに痛い思いをしたのに！」

エリーはそう言うと、縄の痕がついた両手首を見せた。

だが、クロードは今までにない厳しい表情で、それがどうしたと言わんばかりにエリーを見据える。

その視線にエリーは怯んだ。

部屋の中にはアレッサンドロの他に近衛が数名、そして当然マダムもおり、このやり取りを黙って聞いている。

オパールはエリーよりも、呑気に座って楽しんでいるアレッサンドロに腹を立てていた。

「マダムが交渉に動いてくれなければ、我々は危険を承知で建物内に突入しただろう」

「……え？」

「あの建物には見張りが多くおり、皆が武装している。もちろん我々の方がはるかに力では勝っているが、オパールとエリーが人質になっていたんだ。伏兵もいただろうし、全体像を掴むまでは迂闊に動けない。要するに長期戦も考えられたし、死傷者を多く出すことになったかもしれないんだ」

「で、でも、それじゃ、マダムが……」

クロードにきつい口調で説明され、エリーは頼りなくマダムを見た。

いつの間にか煙管を薫らせていたマダムは、あら、といった調子で艶然と微笑んだ。

「私はあなたたちを助けたわけじゃないわ。ただ取引を実行しただけ。奥様とのね」

「マダム、それ以上は……」

エリーに聞かせていい話ではない気がして、オパールはためらった。

だが、アレッサンドロが口を挟む。

「話せばよいではないか。エリーももう子どもではないのだ」

アレッサンドロの言葉を受けて、マダムがふふふと笑う。

それからふうっと紫煙を吐き出した。

「お嬢さん。奥様はね、ご自分でご自分を買ったのよ」

「ど、どういう……？」

「奥様はこんな事態を想定して、先に私に頼んでいたの。ご自分がもし売られるようなことがあれば、代理人として買ってほしいって、五億も用意してね。ああ、違うわ。証券も預かっているから、もっとね」

マダムの話を聞いて、エリーはぽかんと口を開けた。

それほど呆気に取られているようだが、アレッサンドロは楽しげに大声で笑った。

「わかるぞ、エリー。私もこの話を聞いたときには、開いた口が塞がらなんだわ！」

「それは私もですよ。まさかマダムに五億の為替とソシーユ王国の鉄道会社の株まで渡したなんてね」

クロードまで一緒になって笑い、オパールはにっこり微笑んだ。

尋ね人についての違和感に気づいたとき、オパールは自分が報復の対象になるのではないかと考えたのだ。

そこでマダムの助言を必要としたのだが、念のために為替と鉄道会社の株券を置いてきたのである。

それがまさか、こんなに早く必要になるとはさすがに思っていなかった。

それでもエリーが攫われ、オパールまで呼び出されたとき、この事態を予想してマダムに自分たちを買ってくれるよう手紙で頼んだのは正解だった。

「エリーと私の二人で五億ですんだのよ？　安くついてよかったわね」

オパールが冗談めかして言うと、クロードは笑いを収めて首を横に振る。

「いや、それについては異議を申し立てるよ。オパールの価値は世界中の金を集めても足りないくらいなんだから」

「クロード、それは言い過ぎよ」

「何でだよ？　値段はつけられないだろ？」

「それは誰だってそうよ」

クロードがオパールの頬に手を添え見つめながら言えば、オパールは照れて真っ赤になる。

「クロード、オパール、そのへんでやめてくれ。胸焼けがする」

二人のやり取りにアレッサンドロが水を差した。

そこでようやくエリーは我に返ったらしい。

「ちょっと待って！　あの嫌らしい男に払ったのは二億でしょう⁉」

「残りは手数料よ」

エリーが慌てて訴えても、マダムはあっさり答え、オパールに先ほどの契約書を差し出した。

オパールが契約書を受け取り目を通すと、男の名でオパールとエリーを売ったと署名はあったが、マダムの買ったという署名はなかった。

通常の売買契約書ではないのは、マダムに不法取引の足がつかないようにしているのだろう。

要するに、売却証明書である。

そんな契約をあの短時間で終わらせたということが、マダムの才腕の凄さを物語っていた。

しかし、それがエリーに伝わるわけもなく、マダムを睨む。

「そんなっ、ぼったくりじゃない！」

「お嬢さん、それが社会というものよ。覚えておきなさいな」

「はあっ⁉」

納得いかないエリーの怒りの声がマダムの部屋に響く。

笑ってはダメだと思うのに、オパールはつい噴き出してしまった。

そんなオパールに続いてクロードもアレッサンドロも笑う。

エリーが無事で、自分も無事だった。

その幸運に感謝しながら、オパールがエリーを抱きしめる。

「エリー、無事に助かって本当によかった」

「オパール……ごめんなさい。ありがとう……」

心からのオパールの言葉に、怒っていたエリーは小さな声で謝罪とお礼を口にした。

それからぎゅっとオパールに抱きついて、子どものように声を上げて泣いたのだった。

22　糾弾

オパールたちが無事に侯爵邸へ帰った次の日から、クイン通りの裏町で一斉捜査が行われた。

当然、クイン通りにまで捜査の手は及んだが、マダム曰く真っ当な商売をしている者たちばかりなので、特に問題はなかったらしい。

ただし、〝痛くもない腹を探られた〟者たちは憤怒しているらしく、裏町の者たちの今後が危ぶまれたが、それは別の話である。

結局、捜査は何日にもわたり、数々の悪事が露見して世間を賑わせた。

何より大騒ぎになったのは、連続殺人事件の真相である。

店の娘が殺されたと嘆き、早く犯人を捕まえてくれと訴えていた娼館の男たちが犯人だったのだ。

指示役として裏町の娼館の経営者、実行犯として用心棒たちが相次いで捕まった。

当然、ロランもすでに捕まっている。

そして、オパールが気づいた新聞の尋ね人欄については、クロードが新聞社に探りを入れて依頼人を突き止めたのだった。

「――オパール、準備はできた？」

「ええ。もういつでも出られるわ」

夜会用のドレスに着替えたオパールは、クロードの問いに答えて振り向いた。

クロードはオパールの髪型を崩さないよう気をつけながら、そっとキスをする。

「今夜も綺麗だよ、オパール」

「クロードも素敵よ」

「だけど、不満があるわけだ」

いつものごとく誉められ、オパールはさらりと誉め返したが、クロードは見逃さなかった。

オパールが今夜のパーティーを不安に思っていることに気づいたらしい。

「不満というか、心配よ。こんなときにパーティーなんてしている場合かしら」

「まあ、それはわからないでもないが、今夜はエリーの送別会のようなものだからな。……いや、壮行会と言うべきか？」

色々あったが、明後日にはエリーがルメオン公国へ帰国するのだ。

オパールとエリーはあれからたくさん話し合い、仲良くなっていた。

そのエリーがこれから祖国へ帰り、戦わなければならないのだから全力で応援したい。

だが、今夜のパーティーもどうせクイン通りの裏町の話題に埋め尽くされるだろう。

オパールは思わずため息を吐いた。

「言い逃れできないほどの確たる証拠も手に入れたし、新聞社の証言もある。明日には当局が逮捕に乗り出すんじゃないかな」

「確たる証拠、ね。ほんと、ジュリアンは相変わらずこそこそと……」

ソシーユ王国の港で別れたはずのジュリアンは、いつの間にかクイン通りの裏町で人身売買や違法薬物などの取引について調べていたらしい。

ジュリアンは正義感なんて高尚なものでなく、単にスリルを楽しんでいるだけだと悪ぶっている。

（素直じゃないのは、血筋ね……）

クロードと一緒にリュドの様子を見て、アーシャたちに後をお願いし、オパールは一階に下りた。

そして正階段前で待っていると、エリーが階上に姿を現す。

正式な夜会用に着飾ったエリーは初々しくも美しく、オパールは息をのんだ。

「ごめんなさい、お待たせしてしまって」

「大して待っていないから大丈夫よ。それよりもエリー、本当に綺麗だわ」

階段を慎重に下りてきたエリーの両頬に、オパールはそっとキスをした。

クロードは手の甲に口づけて微笑む。

「綺麗だよ、エリー。オパールの次にね」

「クロード！」

エリーを褒め称えるかと思えば、余計なひと言を加えたクロードに、オパールは怒った。

しかし、エリーは楽しそうに笑う。

「ありがとう、クロード。今の言葉で嘘じゃないって信じられるわ」

いつだって何より誰よりオパールがクロードの一番であることは有名な話で、エリーも間近で見ていて知っている。

今は息子のリュドも加わり、三人はエリーの理想の家族だった。

エリーはオパールが羨(うらや)ましかったのだ。

誰かに愛され必要とされたい。誰かを愛したい。

小さい頃から知らず胸の内にあった願望。

それが成長するにつれ、素直に認められず、捻(ひね)くれ我(わ)が儘(まま)になってしまっていた。

オパールも最初から苦労もせず愛されていたわけではない。

そのことを、オパールとじっくり話して自覚した今では、気持ちもかなり落ち着いていた。

「では、我が愛する姫君たち、参りましょうか？」

クロードがふざけて言いながら、両腕を差し出す。

二人とも笑いながらオパールは左腕に、エリーは右腕にそれぞれ手を添えて、待機している馬車へと向かった。

やがて王宮に到着すると当然ながら別室へ案内され、そこで先にアレッサンドロと顔を合わせる。

「やあ、エリー。ずいぶん見違えたな。このひと月ほどでずいぶん大人びた。いや、もう大人だったな」

「叔父様、からかうのはやめてください。私がまだ子どもだということは、十分に思い知りましたから」

入ってきて早々、誉め言葉に寄せたアレッサンドロの嫌味を、エリーはあっさり受け流した。

アレッサンドロは軽く眉（まゆ）を上げ、満足げに笑う。

「エリー、本当に美しくなったよ。このまま国へ帰すのが惜しいな」

「……ありがとうございます。でも、あのボンクラとは結婚しませんよ？」

エリーは微笑んでお礼を言ったが、そう付け加えることは忘れなかった。

するとアレッサンドロはさらに声を上げて笑う。

「ボンクラとは否定できないな」

オパールとクロードは二人のやり取りを笑顔で見守りながら、あれこれと考えを巡らせていた。

ボンクラは否定できず、結婚も否定しないのだ。

やはり、アレッサンドロはエリーにはルメオン公国の従兄ではなく、自分の息子であるヴィンセントとの結婚を望んでいるらしい。

アレッサンドロは——タイセイ王国は、ルメオン公国に内政干渉するつもりなのだろう。

（まあ、他の国に利権を奪われるよりはいいんでしょうけど……）

アレッサンドロはカリスマ性があり、独善的ではあるが国を思う気持ちは確かで、為政者としてこれ以上ないほど優秀だった。

ただやり方がまずい。

国を思う気持ちはあっても、人の心を思う気持ちはないのではないかと思えるほどだ。

それでも嫌うことができない魅力がある。

（あ、何だか腹が立ってきたわ……）

エリーを残し、クロードと会場に向かいながらもまだ考えてしまう。

そんなオパールの手を、クロードがぽんぽんと叩いた。

「オパール、難しい顔になってるよ」

「難しいことを考えていたもの」

「どんな？」

「どうしたら陛下をやり込められるかってこと」

「なるほど。それなら協力者を募ればたくさんいるよ。まずは俺」

「他には？」

「バルバ卿（きょう）」

「それは頼もしいわね」

「あれ？　俺は？」

「クロードねえ……」

「ええ……」

これから始まるパーティーを前に、すでに楽しそうなボッツェリ公爵夫妻を見て、行き交う使用人たちもまた楽しい気持ちになっていた。

ここのところ暗いニュースばかりだったので、王宮内の雰囲気も落ち込んでいたのだ。

きっとこのパーティーを境にまた明るい話題も増える。

そう思う使用人たちだったが、オパールたちが会場に入ると、不穏な空気が流れていた。

あちらこちらでヒソヒソと囁（ささや）かれているのは、どうやらオパールについての噂らしい。

女性たちの蔑（さげす）む視線、男性たちの好奇に満ちた視線に、クロードが庇（かば）うようにオパールの腰に手を回す。

「帰ろうか？」

「いいえ。またいったい何に騒いでいるのか知りたいわ。それに、エリーを放っては帰れないもの」

「さすが俺のオパール。強くて優しいいな」

「強い？」

「じゃあ、優しくて強いな」

「一緒じゃない！」

皆の失礼な態度にクロードは腹を立てていたが、オパールは気にしなかった。

こんなものは十年以上前から慣れている。

それにいつだって、クロードが味方でいてくれるのだ。

かまわず笑い合うオパールたちを、周囲の者たちは遠巻きに見ていた。

最近はボッツェリ公爵夫妻の影響力は政界でも経済界でも強く、どこでも手放しで歓迎され、いつも人だかりができる。

逆に今夜はゆっくりできると二人とも呑気にかまえていたとき、アレッサンドロがエリーを伴って入場してきた。

そこでエリーの本当の身分が公にされる。

「こたびは我が姪、エリーザを快く迎え入れてくれたこと、皆に感謝する。特にボッツェリ公爵夫妻には、エリーザの身元を引き受け、この国の文化を教えてくれたこと、誠に感謝している」

アレッサンドロがそう告げたとき、起こった拍手は小さなものだった。

オパールの噂が影響しているのだろう。

当然、アレッサンドロはそれに気づいて興味深げな表情になった。

パーティーが再開されると、すぐに侍従を呼び寄せている。

何が起きているのか探らせるのだろう。

だが、大体の予想はついているはずだ。

エリーも会場の異変に気付きながらも公女として参加しているため、もう一人のアレッサンドロの姪であるクラリッサ王女と歓談してやり過ごしていた。

「子どもが成長するって、こんな気分なのかしらね。エリーはもう大丈夫ってわかったのは嬉しいけれど、少し寂しいわ」

「そうだな」

オパールがしみじみ呟くと、クロードも茶化すことなく同意した。

そこに、嫌な声が割り込む。

「まあ！　公女殿下を未だに愛称で呼び捨てになさるなんて。安心するべきは、公女殿下があなたのような方の影響を受けられることなく、無事に帰国されることね」

「公女殿下にはこれからも愛称で呼んでよいと許可をいただいております。それにしても、いったい何のことでしょう？　私のような者の影響とは？」

声でわかってはいたが、振り向けばクラース子爵夫人が、ウィタル男爵夫人としたり顔で立っていた。

どうやら先日のオパール主催の慈善パーティーでのことを根に持っているらしい。

あの日から二人は名のある夫人たちの催しに招待されなくなったと聞いていた。

そこで、この場で――王宮主催のパーティーでオパールを貶めたいのだろう。

ひょっとして、今オパールが敬遠されている噂を流したのもこの二人かもしれない。

「今、世間で大騒ぎになっている、あの卑しい町で、ボッツェリ公爵夫人を見かけたという方がいらっしゃるのよ」

「そうですか。それで？」

「え？」

「ですから。それが何か問題でも？　クラース子爵夫人がおっしゃる卑しい町とは、クイン通りの裏手にある町のことでしょう？　そこで私を見かけた方がいたとおっしゃいますが、それはどなたですか？」

「ま、またそのような言い逃れを……」

「いえ、言い逃れではなく、本当に知りたいのです。裏町で私を見かけたということは、その方も裏町にいらっしゃったのでしょう？　そのことは当局に申し出ていらっしゃいます？　関係者はすべて調べているようですから、お早めに申し出て捜査に協力されたほうがよろしいですよ。……とお伝えいただけますか？」

クラース子爵夫人たちは、オパールを徹底的に貶める情報だと思ったのかもしれない。

ところが、オパールがまったく意に介さないので動揺したようだ。

そこにオパールが畳みかけるように忠告したものだから、言葉を失っている。

オパールにとっては、もっと酷い醜聞が出るのかと思っていたので拍子抜けしていた。

もちろん酷い醜聞とやらに身に覚えはないが、そんなものは捏造（ねつぞう）できるのだ。

いつの間にか周囲に集まっていた人々も、オパールの堂々とした態度に感化されたのか、子爵夫人たちに冷めた目を向けた。

つい先ほどまで、オパールを敬遠していたというのに。

そしてクロードはにこにこしている。

おそらくオパールが子爵夫人たちを言い負かせているのが楽しいのだろう。

オパールがこっそりクロードの足を踏んだとき、子爵夫人が反撃に出た。

「とにかく、公爵夫人があの町にいたというのは事実なんですね？　それがどんなに不徳義かおわかりになります？　いえ、理解されているならこのような場には恥ずかしくて出られませんわね？」

「子爵夫人はいったい何をもって、私を不徳義だと？　あの町では多くの女性たちが自身の意思に反して無理やり働かされていました。私はその噂を聞いて、何かできることはないかと赴いたのです」

「では、あのいかがわしい場所にいたと認めるのですね？」

「ええ」

子爵夫人はオパールの迫力に押されながらも、どうにか言質を取ろうとしているようだった。

オパールは別に恥じることはしていないので、正直に頷く。

すると、子爵夫人も男爵夫人もぱっと顔を輝かせた。

「皆さん、お聞きになりました？　やはりあの噂は本当だったので……」

子爵夫人は嬉しそうに振り返って、周囲の人々に訴えかけようとしたが、その反応に声を途切れさせた。

今のオパールの説明では、いつもの女性支援の活動と変わりない。

それどころか、自らそのような危険な場所に足を踏み入れ活動しているのだから、内心で蔑んだとしても表に出せるわけがなかった。

むしろ賞賛されるべき行いだろう。

「そ、それに、公爵夫人はいかがわしい館の女主人と懇意にしていると聞きましたわ！」

「……いかがわしい館？　それはどのようなお屋敷なのです？」

「娼館です！　胡蝶(こちょう)の館という娼館よ！　いい加減、しらを切るのをやめたらどうなの⁉」

「し、子爵夫人……」

あくまでも冷静なオパールの切り返しに、クラース子爵夫人は感情的になって叫んだ。

さすがにウィタル男爵夫人も驚いたらしい。

クロードは子爵夫人が飛びかかってくるとでも思ったのか、オパールをいつでも守れるように体勢を変えた。

「さすが、クラース子爵夫人も行き場のない女性のための保護団体を運営されているだけあり、よくご存じですね？　それなのに、あの方とお話しされたことがないのは残念ですわ。あの方は長年にわたって多くの女性を見てきているからか、困難な状況にある女性への支援や配慮に何が必要かよく理解されていて、状況に応じた様々な助言をくださるんですよ」

オパールの言葉に、やはり皆が納得したようだった。

ほうっと感心する人が多い中で、「ああ、確かに……」と呟いて妻である夫人に睨まれる男性もいた。

もう何を言っても子爵夫人の言葉は受け入れられそうにない。

そのことについては、オパールも同情していた。

夫であるクラース子爵は現れず、周囲に集まっているのは噂に踊らされ、すぐに意見を翻す者ばかりだ。

明日からのことを思うと、オパールはもう子爵夫人を相手に戦う気はなく、この場を終わらせたかった。

「クラース子爵夫人、今夜は陛下の御前です。このような無礼を働いてしまったことを――」

「無礼？　無礼ですって⁉　無礼なのはあなた一人よ！」

オパールはこの不毛なやり取りをアレッサンドロに謝罪して終わりにしようとした。

ところが、子爵夫人は怒りに我を忘れたのか、体をぶるぶる震わせ血走った目でオパールを睨みつけ言い放った。

「あなたは娼婦として売られた女じゃない！　契約書だってあるのよ！」

子爵夫人の衝撃の言葉はその場に恐ろしいほどの沈黙をもたらしたのだった。

23　偽善者

耳に痛いほどの沈黙の中で、ぎりりとクロードの歯を食いしばる音が聞こえる。

はっとしたオパールはクロードの腕から抜け出して、その頬を両手で包んだ。

「クロード、私は大丈夫だから。歯を傷めてしまうわ」

「しかし……」

見れば両手を固く握りしめている。

もし子爵夫人が男性だったら、とっくに殴られていただろう。

「ぼ、暴力に訴えようなんて、野蛮な証拠よ！」

クロードの怒りに気圧されて、クラース子爵夫人が数歩後退する。

それでも強気な夫人に、オパールは同情する気はすっかり消えていた。

夫人はたった今の発言が意味することを何もわかっていないのだ。

ただ夫であるクラース子爵から聞いたことを口にしただけだと、オパールはそう思った。

それでも裏町から助け出され、オパールが運営する施設に保護された女性たちのことを考えると怒りが湧いてくる。

「クラース子爵夫人、先ほどの話は真か？」

しんと静まり返った会場に、アレッサンドロの平坦な声が響いた。

問いかけられた子爵夫人は慌てて腰を落として頭を下げる。

「へ、陛下……。それはその……」

「ああ、そうか。ボッツェリ公爵夫人が裏町にいたのも売られたからということか。それは一大事だぞ」

子爵夫人は返答に窮したようだが、アレッサンドロがわかった、というように右拳を左手にポンと打ちつけた。

そして厳しい視線をオパールに向ける。

アレッサンドロの後ろに座るエリーは何が暴露されるのかと不安そうにしており、王女が心配していた。

「お、おっしゃる通りでございます、陛下。公爵夫人は先ほど、女性保護のためと理由をつけておりましたが、娼館に出入りするなど、恥ずべきことで普通に考えてあり得ません。公爵夫人は若い頃にはずいぶん奔放だったと聞いておりますし、そのあたりも関係しているのではないでしょうか」

アレッサンドロの言葉に勇気づけられたのか、子爵夫人はつらつらと話しだした。

クロードがさらに拳を固く握りしめたため、オパールは力を緩めさせようと指を絡めていく。

アレッサンドロは明日を待たずにこの場で子爵夫人を糾弾するつもりなのだ。

あまりに冷酷な判断ではあるが、オパールも今回ばかりは許す気はなかった。

オパールはクロードと手を繋いだまま、子爵夫人に問いかける。

「私が売られた、と子爵夫人はおっしゃいましたが、私にはまったく身に覚えのないことです。そもそもなぜ売られなければならないのです？」

「借金でもあるのか？」

「ございません。幸いなことに、事業は順調で持株も高値を更新しており、資産は先月よりも増えております。ですが、あえて言うなら生意気だと逆恨みはされているかもしれません。私の慈善活動で不利益を被る方もいるようですので。もしかすると、その方たちが流した嘘なのかもしれません」

オパールが毅然（きぜん）とした態度でアレッサンドロの質問をきっぱり否定すると、周囲は納得したようだった。

どう考えても子爵夫人の主張こそあり得ない。

会場内は子爵夫人を責めるような哀れむような空気に包まれていた。

「嘘ではありません！　先ほども申しましたように、公爵夫人の売買契約書があるのですから！　買ったのは胡蝶の館の女主人です！　助言をもらっていたなんて、よくも嘘を！　館で働いていたんでしょう⁉」

子爵夫人の訴えにも、皆はもう苦し紛れの嘘だと思っている。

焦る夫人を見て、オパールは不思議そうに首を傾げた。

「売買契約書とおっしゃるけれど、私はそんなものに署名してはおりません。勝手に私の名前が書かれたのではないですか？　それを子爵夫人は信じていらっしゃるのですね」

「クラース子爵夫人の言う契約書とやらを見てみないことには何とも言えんな」

アレッサンドロはあくまでも中立の立場であるふりをしている。

ここでアレッサンドロを味方につけなければと焦った夫人は、とんでもないことを口にした。

「では、ご覧になってください！　これから届けさせますから！」

「子爵夫人、本気でおっしゃっているのですか？　本当に売買契約書があり、それをお持ちだと？」

「ええ、そうよ！　覚悟しなさい！」

「……クラース子爵夫人、人身売買は違法です。つまり、その契約書をお持ちなら、子爵夫人も人身売買に関わっていたとはっきりするわけですね」

「なっ、え……」

オパールに冷ややかに指摘され、子爵夫人はようやく自分の失言に気づいたようだった。

子爵夫人の顔から一気に血の気が引いていく。

「ち、ちがっ、今のは――」

「クラース子爵夫人、私は今夜のこのパーティーにあなたが出席されていることに驚きました。ご主人であるクラース子爵がいらっしゃらないのは、当局に調べられているからですよね？」

「う、嘘よ。主人はそんなこと……」

オパールの発言に、皆が驚きざわつき始めた。

子爵夫人は初めて知ったというように目を見開いて呟く。

会場内で冷静なのは、すでにその事実を知っている者たちだけ――クロードやバルバ伯爵、そしてアレッサンドロである。

「クラース子爵夫人、残念だがあなたのご主人は人身売買に関与していた咎でこのまま裁きを受けることになるだろう。問題は、あなたがそれを知っているか、ということだった。それを子爵にも問うているはずですが、今の発言から鑑みるに、あなたは知っていたとみて間違いないようですね」

うろたえる子爵夫人に、ゆっくりと進み出てきた法務長官のバルバ伯爵が告げた。

すると、呆然としていた夫人は激しく首を振る。

「いいえ！　いいえ、違います！　あの女が私を陥れたのよ！　みんなだっていつも言っていたでしょう!?　小賢しいボッツェリ公爵夫人は男性に取り入るのが上手い、魔性の女だって！　バルバ卿も陛下も、騙されているのよ！」

きっちり整えていた髪が解け、血相を変えて訴えるクラース子爵夫人は悪魔に取り憑かれているかのようで、皆が恐れて距離を取る。

一緒にいたウィタル男爵夫人までもが離れた。

そこに、アレッサンドロの笑い声が上がる。

「そうか、そうか。クラース子爵夫人は、私がボッツェリ公爵夫人に騙されていると申すのか。それは大問題だな」

「さ、さようでございます！　陛下、どうかしっかり公爵夫人をお調べください！　魔性の女に騙されないでください！」

アレッサンドロは自分が騙されるような愚か者なのかと問いかけているも同然だったが、子爵夫人ははっきり肯定してしまった。

公の場でそのようなことはクロードでも言えない。

あまりにも不敬で無礼なクラース子爵夫人の言動にショックを受け、気分を悪くしたのか何人かの年配の夫人たちが倒れそうになって隣の男性に支えられ退室していった。

会場内にはいつの間にか兵たちが待機している。

アレッサンドロの命令一つで、子爵夫人を捕縛するのだろう。

だが、オパールは子爵夫人に訊きたいことがあった。

この機会を逃すと罪人である子爵夫人と話すことはもうできないのだ。

それを察したのか、アレッサンドロはオパールに声をかけた。

「ボッツェリ公爵夫人、そなたは何か申すことがあるか？」

「はい。子爵夫人に伺いたいことがございます」

「なっ……」

「では、申してみよ」

「お心遣い、痛み入ります」

オパールはスカートを摘まんで軽く膝を折り、アレッサンドロに謝意を示した。

それからクラース子爵夫人に向き直る。

「子爵夫人、夫人が運営されている保護団体が、新聞の尋ね人欄に懸賞金をかけて依頼されているのはご存じですか？」

「何か問題でもあるの？　若い女性が行方知れずになっているんだもの。見つかりやすいように、懸賞金をかけたほうがいいでしょう？」

「では、なぜ尋ね人の名前を載せないのですか？」

「そんなことまで知らないわよ。煩わしい事務作業に私が関わっているとでも思うの？」

「そうですか……」

　尋ね人として懸賞金をかけることによって、若い女性を保護団体に強引に集めていたことを、子爵夫人は知らないらしい。

　だとすれば、どこまで人身売買に関与していたのか。

「それでも、夫人は団体に保護を求めてやって来た女性たちが、裏町に売られているのはご存じでしたよね？　売買契約書を持っていると言うくらいですもの」

「ち、違うわ！　私は仕事を斡旋（あっせん）していただけよ！　何の能力もないのに働きたいっていう女たちを、ウィタル男爵夫人の工場に連れて行っていただけ！」

「子爵夫人！　私まで巻き込まないでください！」

「何が巻き込まないで、よ！　あなたは無賃で働く労働力が手に入るって、喜んでたじゃない！」

　オパールが追及すると、子爵夫人は思わぬことまで暴露した。

　男爵夫人の工場で働く女性たちについてはまだ調査中であったが、子爵夫人が証人となるだろう。

　傍聴人と化した会場内の人々は、衝撃の展開についていけないようで呆然としていた。

エリーのためのパーティーがめちゃくちゃになってしまったが、オパールがちらりと視線を向けると、エリーは大丈夫だと応えるように小さく頷いた。

「クラース子爵夫人、ウィタル男爵夫人、あなた方は社会的に立場の弱い女性を守るふりをしながら、蔑み、虐げ、搾取していました。それは決して許されることではありません。それでもどうか、これからは犠牲になった女性たちのために祈り、その罪を贖ってください」

「う、うるさいわね！　この偽善者！」

オパールがそう告げると、子爵夫人が叫んだ。

すると、突然エリーが立ち上がる。

「ボッツェリ公爵夫人のいったいどこが偽善者だというの⁉　この場で公爵夫人を偽善者と呼べるほどの善良な人がいるの？　私は『やらない善よりやる偽善』という言葉は嫌いです。善い行いなら、それは善行でしかないでしょう？」

エリーの訴えに、会場中はしんと静まり返った。

だが、アレッサンドロが賛同するように拍手をすると、あっという間に会場は拍手に包まれていく。

エリーは軽くお辞儀をして席に戻り、オパールに向けて恥ずかしそうに笑った。

やがてアレッサンドロが片手を振ると、待機していた兵たちがクラース子爵夫人を拘束する。

「陛下！　私は子爵夫人に騙されたんです！」

ウィタル男爵夫人も拘束こそされなかったが兵たちに囲まれて涙ながらに訴えた。

しかし、アレッサンドロに聞き入れられることはなく連行されていく。

会場内はざわつき落ち着かない中で、オパールは壇上に座るアレッサンドロたちに膝を折って頭を下げた。

オパールの隣でクロードも深々と頭を下げる。

「陛下、お時間をいただき、ありがとうございました。エリーザ公女殿下、クラリッサ王女殿下、このようにお騒がせいたしましたこと、誠に申し訳ございませんでした」

「パーティーを台無しにしたこと、私からもお詫び申し上げます」

オパールとクロードの謝罪に、アレッサンドロは無造作に手を振った。

エリーと王女も、首を横に振っている。

「謝罪の必要はないだろう。別にお前たちに責任があるわけではない。むしろ、クラース子爵夫人を招待していたこちら側の責任だ。招待状を出したのはずいぶん前ではあるが、まさかこの状況で出席するとは思わなんだな」

「そうですね。クラース子爵が当局に拘束されたのは夕刻ではありましたが、まさか知らずに出席したのでしょうか。まあ、おかげさまでこれだけの証人がいる中で、子爵夫人は罪を自白したことになりますので、助かりましたがね」

アレッサンドロが渋い表情でぼやけば、バルバ伯爵が大きく頷いて同意する。

それからアレッサンドロは空気を一掃するようにパンパンと手を叩いた。

「ここ最近、世間を騒がせていた事件の解決も近い。皆を不安にさせたことには、改めて説明するつもりだ。だが今夜は公女の送別の宴である。気を取り直し、どうか楽しんでくれ」

アレッサンドロの堂々とした宣言に、会場がわっと沸いた。

さすがと言うべきアレッサンドロのカリスマ性にオパールもクロードも感心し、素直にパーティーを楽しむことにした。

しかし、ある程度のところで切り上げた二人は、帰路の馬車に乗ってから大きく息を吐きだした。

やはりかなり疲れている。

「オパール、大丈夫か？」

「ええ、私は大丈夫だけど……エリーのためのパーティーを台無しにしてしまったわ」

オパールが気落ちして答えると、クロードはなぜか噴き出した。

「クロード？」

「いや、ごめん。だけど……」

「何？　私、おかしなこと言った？」

笑えることなど一言も口にしていないはずである。

それなのにクロードはまだ笑っている。

オパールが訝しげに見ると、クロードは落ち着こうと深呼吸した。

「実は、オパールの最近の噂なんだが……」

「魔性の女以外にあるの？　あれも久しぶりに聞いたけれど」

オパールが呆れたように言うと、クロードはまた笑いだした。

それでも、どうにか続ける。

「確かに、魔性の女は久しぶりだったな。だが、それじゃなくて、噂というか呼び名というか……」

「もう！　早く教えてよ！」

なかなか本題に入らないことに焦れて、オパールはクロードの膝をぺちりと叩いた。

「ごめんごめん。最近のオパールは〝パーティークラッシャー〟って呼ばれているらしいんだ」

「パーティークラッシャー⁉」

まったく予想外の言葉に、オパールは目を丸くした。

そんなオパールを見て、クロードはまた笑う。

「オパールが出席するパーティーでは何かと騒ぎが起こる。先日はついに主催のパーティーで招待客をやり込めてしまったんだから」

「それは……」

顔を赤くしたオパールをクロードは抱き寄せた。

「オパールは間違ったことはしていない。だから負い目に感じる必要はないよ。ただ話題になるからね。オパールが出席する催しの会場――屋敷周辺に多くの記者や情報屋が集まっているのは少しでもパーティーでの様子を拾おうとしているからなんだ。オパールの話題は部数が伸びる」

「いつも記者たちは集まっているものじゃないの？」

「あんなにはいないよ」

「でも新聞にそんな呼び名は載っていないわ」

「それはまだ主催者側の間でしか広まっていないからね。ああ、彼らは悪い意味で言っているわけじゃないみたいだよ。それなら俺も許せないからな」

「クラッシャーなんて、悪い意味でしかないじゃない」

クロードの説明を聞いたオパールは唇を尖(とが)らせた。

どう考えてもいい意味ではない。

「パーティーが話題になるのは、主催者としては成功なんだよ。記事になって、みんなに読まれれば箔(はく)がつく」

「騒ぎが起こって、箔がつくなんて変よ」

「だから言ったろう?　オパールの話題は部数が伸びる。みんなオパールのことが大好きだからな。もちろん一番は俺だよ」

やはり納得がいかずにオパールは眉間(みけん)にしわを寄せた。

そのしわを伸ばすようにクロードが人差し指で撫(な)でる。

「王宮主催のパーティーでまで騒ぎが起きるなんて、さすが〝パーティークラッシャー〟だよ」

「誉めてないわよ!」

感心したように言うクロードから、オパールはぷいっと顔を逸らした。

しかし、本当はオパールが落ち込まないように気遣ってくれているのはわかっていた。

それでも内容が悪い。

こういうところが変わらず不器用だなと思うと、おかしくて愛しくて、結局オパールは笑顔になったのだった。

24　再会

一夜明け、裏町の一連の事件にクラース子爵夫妻が関わっていたことは大きく報じられた。しかもそれらの記事は、事件の詳細を当局が正式に発表したため、憶測などではなく正確に伝えられたのだ。

アレッサンドロの治世も十年を過ぎ、鉄道網の発達とともに地方も発展し、王都周辺部との貧富の格差もかなり抑えられてきている。

そのおかげで、地方の困窮した家庭が幾ばくかの金銭を受け取って娘や子どもを奉公に出す必要も少なくなっていた。

それが今回の事件に発展してしまったようだ。

数年前までは生きていくためや、親に売られて身を売らなければならない女性は多く、裏町も娼(しょう)婦(ふ)には困らなかった。

ところが、奉公の名を借りた人身売買が法律で禁止され、困窮者のための保護施設ができてからはさっぱり女性が集まらなくなってしまったのだ。

ただし、家出して王都にやって来る娘はまだいる。

そこで保護施設そのものを娼婦などの斡旋所にしてしまえばいいと考えた者がいた。

そしてクラース子爵夫人が運営する保護施設に目をつけたようだ。

子爵夫人もはじめは、オパールのように社交界で名を馳せ尊敬される女性になるつもりだったらしい。

しかし、施設運営は大変なことばかりで上手くいかない。

もういらない、と放り出そうとしたところで裏町の者に話を持ちかけられたのだ。

以前からクラース子爵は裏町に出入りしており、話し合いもスムーズにいった。

贅沢好きの子爵夫人にとっても、国からもらえる助成金や、寄付金を手放さずにすみ、何より斡旋料は美味しい話だった。

夫人にとって保護施設に来るような人間は卑しい存在でしかなかったため、良心も痛まなかったようだ。


「——まったく、とんでもない話だな。我欲でしかない」

「施設運営が上手くいかなかったなら、相談してくれれば、多くの女性を助けられたのに……」

新聞記事が全て正確というわけではないが、クラース子爵夫妻がなぜあのような犯罪に加担したかの内容にクロードは憤りを覚えた。

だがオパールは子爵夫妻よりも、被害に遭った女性たちのことに心を痛めている。

オパールの欠点を挙げるとすれば、優しすぎることだろう。

そのことに本人は気づいていないが、クロードはオパールにできるだけ傷ついてほしくなかった。

「オパール、気にするなというのは無理だろうけれど、あまり自分を責めないでくれ。それではオパールがまいってしまうよ。だからまず、これからのことを考えよう。傷ついた女性たちを少しでも助けるには何をすればいいかをね」

「……ええ、そうね。ありがとう、クロード」

オパールが微笑んだことで、クロードはほっとした。

エリーも王宮に戻ってしまった今、オパールには一人で考える時間ができてしまっているのだ。

「どうやら汽車が到着したようだよ」

「時間通りね……」

オパールたちは今、駅の特別待合室にいた。

そこに甲高いブレーキ音が聞こえ、待ち望んでいた汽車が到着したことを伝えてくれる。

汽車にはウィタル男爵夫人が経営していた工場で不当に働かされていた女性たちが乗っているのだ。

本当はホームで待っていたいくらいなのだが、オパールたちがいると騒ぎになり混乱してしまう可能性があるため特別室で待機していた。

警備上の問題もあるため、特別室から出ることもできずにそわそわするオパールを、クロードが優しく見守る。

やがて幾人かの足音が聞こえてきて、ノックの後に扉が開いた。

「メイリ！」

ジュリアンに連れられておそるおそる入ってきたのは、三等船室で一緒になったメイリだった。

その後ろには母親のケイトもいる。

オパールが両手を広げて迎え入れ抱きしめても、メイリはきょとんとしていた。

それからオパールの顔をまじまじと見て、じわりと涙を浮かべる。

「……オパール？」

港で別れてからまだたったのひと月ほどだというのに、メイリから無邪気さは消え痩せていた。

「ごめんなさい、メイリ。苦しかったでしょう？」

メイリを解放しながらオパールが謝罪すると、メイリは逆に抱きついて無言で首を横に振る。

オパールの謝罪は強く抱きしめていたことにではなく、この国で苦労させてしまったことに対してだった。

つらかっただろうに、メイリは何も言わない。

ケイトを見れば、さらにやつれた姿で静かに涙を流していた。

幼いメイリが母親に心配をかけないように泣かないように我慢していることがつらいのだろう。

「ケイトも大変だったでしょう？　しばらくは静養できるよう陛下が手配してくださっているから、メイリとゆっくり休んでくださいね」

「あ、ありがとうございます！　オパールさんには……いえ、公爵夫人には、本当に助けられてばかりで、何も返すこともできず……申し訳ありません！」

ジュリアンがオパールの身分をわざわざ言うはずもなく、おそらく後ろに控えている駅長が伝えたのだろう。

「どうか謝らないでください。返してもらうことなんてありませんから。それに船ではとても楽しく過ごすことができました。また、遅くなりましたが、祭司様へ手紙を届けてくださり、ありがとうございました」

「妻が船ではお世話になったようで、ありがとうございます。また、この国で大変なご苦労をかけてしまったこと、お詫び申し上げます」

「そ、そんな！　公爵様、頭をお上げください！」

オパールを妻と言ったのだから公爵なのだろうと、ケイトは瞬時に判断したらしく、クロードが頭を下げると慌てた。

駅長も公爵が頭を下げていることに驚いている。

「あのさ、とりあえず二人は疲れてるだろうし、宿でゆっくりしてもらおうよ」

「そうよね。ごめんなさい、ケイト。メイリも。また会いに行ってもいい？」

ジュリアンが呆れたように口を挟み、もっともなことだったのでオパールは同意した。

ウィタル男爵夫人の工場でケイトだけでなくメイリまで働かされていると突きとめたのはジュリアンなのだ。

メイリはオパールに抱きついたまま、無言で頷いた。

ケイトはどうしたらいいのかわからないようで、まごついている。

「……本当に、また会える？」

「ええ。約束するわ」

小さな声での問いかけに、きっぱり頷いて答えれば、メイリはぱっと顔を輝かせた。

ようやく出会ったときのような笑顔を見ることができて、オパールはほっとした。

「……ジュリアン、ありがとう」

「お前はほんと詰めが甘いんだよ」

駅長に先導されてケイトとメイリが出ていき、続くジュリアンにお礼を言えば嫌味が返ってくる。

だが反論はできない。

ジュリアンはふんっと馬鹿にしたように笑い、部屋を出ていってしまった。

「オパール、大丈夫か？」

「……悔しいけど、自分に腹が立ってるの」

オパールが裏町で捕らわれていたときにマダムと交渉していた身なりのいい男は、他国から出稼ぎにやってくる女性たちも騙(だま)して娼館で働かせていたらしい。

男の供述では、どうやらルメオン公国からの船内でも三等客たちを物色していたらしく、それでオパールは見かけていたのだった。

「オパールは頑張ってるよ。でも、あまり背負いすぎてはダメだ」

「そうかもしれない。でも、今回ばかりは本当にジュリアンの言う通りだから。すべての人は難しくても、せめて手の届く範囲の人たちだけでも力になれたらって思っていたのに」

出しゃばり過ぎないようにしようとして、遠慮したのが失敗だった。

だが、クロードの心配もよくわかる。

これまでなら自分のことは後回しで無理をしていたが、リュドもいる今は無理は禁物だった。

ただでさえ、まだ大仕事が待っているのだ。

「識字率を上げる必要もあるけれど、それよりも遠くの人と話せたら便利なのにね」

「遠くの人と？　そういえば、そんな研究をしている者がいるって聞いたな。支援者を募ってるとかどうとか。誰も相手にしていなかったが――」

「どうしてそれを早く教えてくれないの！　誰？　どこにいるの⁉　私、絶対に援助するわ！」

「いや、だが……」

オパールの勢いに気圧されて、さすがのクロードも驚いていた。

たった今、落ち込んでいたのに、もうやる気に満ちているのだ。

「馬が引かなくてもあんな鉄の塊が走る時代なのよ？　遠くの人と話すことだってできるはずだわ。そんな便利なものが発明されたら、字が読めない書けない人だってどれだけ助かるか！　帰ったら、代理人に手紙を書くわ！　もちろん識字率も上げるよう頑張るわよ！」

どうやらオパールは発明者に支援をすると、代理人に手紙で伝えるらしい。

オパールは目的ができたら邁進（まいしん）する。

そしてその目的はいつだって人のためのものなのだ。

クロードはオパールに急かされながら、帰りの馬車の中で発明家の名前を懸命に思い出そうとした。

結局、話をしていた友人に手紙で訊(たず)ねることになり、こういうときにすぐに話せたら便利なのにね、と二人で笑ったのだった。

25　船出

翌朝、クロードは珍しく早起きして、オパールと一緒に書斎で黙々と書類を片付けていた。

そこに、ジョーゼフが手紙を持ってやって来る。

「パーティーは当分欠席だろう?」

「ええ。何せ私はパーティークラッシャーですからね」

それぞれの手紙をより分けていると、多くの招待状が積み上がっていく。

聞いたばかりの社交界での自分の二つ名をオパールが口にすると、クロードは声を出して笑った。

オパールは丸めた紙を投げつけたが、クロードはあっさり受け止めてくずカゴに入れる。

これくらいのオパールの報復にクロードは動じない。

「さて、そろそろ準備しないと、エリーの見送りに遅れてしまうな」

「そうね。しばらくエリーとお別れだと思うと、寂しいわ」

「何だかんだで賑やかだったからなあ」

「リュドもエリーがいなくなって、寂しがってるものね」

エリーははじめ、生意気で反抗的で手を焼いたが、本当は優しくて少し寂しがりで強い子だった。これから一人でルメオン公国に戻り、近々大公として即位するのだ。

オパールはできる限り応援するために、またルメオン公国に行くことになっている。それまでリュドとの時間をたっぷり取るつもりだった。

オパールは部屋に戻ってナージャに手伝ってもらいながら支度する。

ドレスは昼用ではあるが、公女殿下を見送るに相応しいデザインのものを選び、装飾品もいつもより華やかなものにした。

「――今朝も奥様の記事が一面に載っていましたね！」

「そうね……。あれには困ったものだわ」

「そうなんですか？　私は誇らしく思ってました。さすが奥様！　って」

鏡の前に立って全身の確認をしていると、ナージャが新聞記事について触れた。

そのことにオパールがぼやけば、ナージャは驚いたようだ。

今朝は事件解決よりも、一昨日のパーティーでのオパールの言動を一面で報じていた。

オパールが裏町の悪事を暴くため自ら乗り込み、国王に上申して当局を動かし、さらには子爵夫人との全面対決に勝利した、とかなんとか。

これでまた、ボッツェリ公爵夫人の人気が上がってしまっていた。

どうやらアレッサンドロがオパールを自身の政策の広告塔にするために、それらしく情報を流しているらしい。

「ですが、本当はすごく心配もしました。奥様がお一人で誘拐犯の呼び出しに応じるなんて……」

「ごめんね、ナージャ。だけど、送り出してくれてありがとう」

「いくらたくさんの護衛をつけていたからって、何があるかはわかりませんし、もうもう絶対になしですよ！　次は絶対にお傍を離れませんから！　約束してくださいね！」

「ええ、わかったわ」

ナージャの切実な訴えに、オパールも素直に頷いた。

あのときは本当にナージャやジョーゼフに心配をかけたのだ。

「ですから！　奥様はもっと賞賛されるべきなんです。公女殿下のことは表に出せなくても、奥様は危険を冒してまでエリー様を助けられ、多くの女性を救われているのですから」

「ほんと、その通りだよ」

クロードがいつの間にかやって来て、話に加わった。

それからオパールの手の甲に口づける。

「囚われのお姫様を助けることもできない私のために、どうかもう危険なことはお止めください」

クロードの言葉に、ナージャがくすくす笑う。

今回もクロードたちが助けに入る前に、オパールが自分で助けられるよう手配していたと後で聞いたのだ。

「ちなみになんですけど、お金はどうなったんですか？」

「お金？」

「えっと、その、詐欺師に渡した五千万とかマダムに渡していたのとか……」

「ああ、それね。五千万はちゃんと返ってきたわ。ロランが泊まっていた宿の部屋に隠してあったそうよ」

「よかったですねえ」

ナージャはほっとしたようだが、実のところ大きな問題が残っていた。

ロランを取り調べた結果、エリーのことを騙しやすい金持ちの娘だと前もって彼に伝えた人物がいることがわかったのだ。

ロランはその情報を元にターゲットを初めからエリーに絞ることができ、あっという間に親しくなったのだった。

しかし、オパールへターゲットを変更して手に入れた五千万で高飛びするつもりが、乗った船で近づいてきた男に脅され、タイセイ王国に行けと命じられたらしい。

それから監視付きの宿屋で次の指示を待ち、エリー誘拐に担ぎ出されたのだった。

しかも、男たちは五千万には興味を示すことはなかったようだ。

そのことから、黒幕が誰なのかは予想できた。

オパールとクロードがそのことを考え、深刻な空気になりかけたところでナージャの明るい声が割って入る。

「それじゃあ、五億はちゃんと戻ってきたんですか？　犯人は捕まりましたもんね？」

「二億はね。でも三億はお礼だから」

「なるほど。奥様のことを思えば、三億でも安いくらいですもんね……って、私にはとんでもない金額ですけど！」

クロードと同じように三億では安いと言いつつ、ひえっと驚くナージャが可愛くて、オパールもクロードも笑った。

実はソシーユ王国の鉄道会社の株式については返却され、二割だけでいいわと新しい証券を求められている。

オパールが持っているほうがこれからもっと儲かるから、と。

確かに八割返してもらったことで、オパールはまだ経営に口を出せる。

マダムがどこまで先を読んでいるのかわからないが、感心するばかりだった。

「それにしても、今回の事件で子爵たちはどんな罰を受けるんですか？」

「そうだなあ……死刑かな？」

「ええ！」

「うそうそ。冗談だよ。現状では、財産の没収と数年の禁固刑かな」

「そうなんですね……。びっくりした」

ナージャはぼそりと呟いたが、顔をしかめた。

子爵たちのせいで苦しんだ女性はたくさんいるのだ。

現行の法律では貴族である子爵夫妻が一般庶民に害を為したからといっても、大した処罰は下されない。

法律で禁止されている人身売買に関わっていたことと、世間を騒がせたことを鑑みての処罰となるだろう。

問題は世論だった。

以前から燻ぶっている特権階級の者たちへの不満が爆発寸前なのだ。

それを抑えるために、オパールが一役買っている。というより、買わされている。

そして、民の不満が爆発する前にアレッサンドロは法改正を急いでいるのだ。

その中には今まで不可侵とされていたクイン通りを代表とする裏の世界についてのものがあった。

今回の事件により、世論に押される形で、裏の世界への法整備も進められることになるだろう。

そのきっかけを作ったクラース子爵夫妻は、裏の世界の者たちから命を狙われることになってしまったのだった。

ちなみに、ウィタル男爵夫人と関係者は、今までの賃金を労働者に慰謝料とともに払うことになり破産したらしい。

「――リュド、行ってきます」

出かける前に子ども部屋に寄って、リュドを抱きしめる。

よだれのついた手で顔をペタペタされて、オパールは笑った。

「俺が同じことをすれば怒るのにな。リュド、お前が羨ましいぞ」

リュドをオパールから抱き取り、クロードはぷにぷにほっぺを突いた。

すると、リュドは声を上げて笑う。

二人とも最高仕立ての服を着て、最上に着こなしているのに、汚れることも乱れることも厭わない。

それはリュドに対してだけではなく、慰問に訪れた施設などでもそうだった。

もちろん、施設を訪れる際には基本的に動きやすく汚れても洗いやすいものを選んでいる。

というのも、ただ挨拶するだけではなく、オパールもクロードも一緒になって子どもたちと遊んだり、大人たちとはともに働いたりするからだ。

ナージャも皆も、そんなオパールたちが大好きだった。

「旦那様、奥様、そろそろお出かけになりませんと……」

「あ、そうだったわね」

「ありがとう、ジョーゼフ」

子ども部屋まで迎えに来てくれた執事のジョーゼフに促され、オパールとクロードはリュドをアーシャに託して部屋を出た。

エリーの見送りは港まで一緒に行くことになっている。

アレッサンドロとは王宮で別れの挨拶をすませているらしい。

駅で合流したエリーは、もうすでに泣きそうだった。

「エリー、またすぐに会えるわ」

「絶対よ？　絶対、すぐに来てね。……ああ、でもリュドには申し訳ないわ……」

港へ向かう汽車に乗り込み、落ち着いたところでオパールが声をかければ、エリーは子どものように言い張った。

だがすぐにリュドのことに思い至り、勢いをなくす。

「ありがとう、エリー。リュドには寂しい思いをさせるでしょうけど、アーシャもいるし、領地でならクロードもいるから。……あ、犬のクロードね」

「クロードに私も会いたかったわ。……あ、犬のクロードね」

二人のやり取りを静かに見守っていたクロードは、犬のクロードの話になって顔をしかめた。

それから大きなため息を吐く。

「二人とも、からかうのはやめてくれ」

「あら、別にからかっているわけじゃないわ。ねえ、エリー？」

「そうよね、オパール」

クロードが苦情を言っても、オパールとエリーはかまわず続けた。

だが、すぐに笑いだす。

エリーは年頃の娘らしくころころと笑い、もうすぐ大公の位に就く重責があるようには思えなかった。

それでもかなり無理をしているのだろう。

オパールはエリーの手を取り、励ますように強く握った。

「船に乗ってしまえば、あなたは一人になってしまうかもしれない。だけど必ずあなたの味方はいるから。焦らないで、ゆっくりでいい。流されているふりをしてでもその場にしっかり立って、周囲を見回してみて。きっと大丈夫。あなたは賢くて、優しくて、ちょっと涙もろくて、とても魅力的だから」

「オパール……」

エリーは声を詰まらせ、俯いた。

そのまましばらく何も言わなかったが、やがて顔を上げたときには笑顔だった。

「もう！　泣いちゃったじゃない！　オパールが私を泣かせてばかりいるのよ。今まではこんなに泣いたことなんてなかったんだから」

涙に濡れた顔で文句を言うエリーに、オパールも負けずに言い返す。

「あら、また文句？　生意気なところは変わってないのね」

「いいのよ、これで。だってクロードが言っていたもの。私は昔のオパールにそっくりだって。意地っ張りなところとかもね」

「……クロード？」

「え？　いや……。エリー、それを今言うのはなしだろ」

オパールとエリーの遊びのような言い合いから、いきなり飛び火しクロードが焦る。

二人は和解してからすっかり仲良くなったのだが、それも似た者同士ゆえというところもあるだろう。

しかし、今それを口にしてはまずいことはクロードもちゃんとわかっていた。

「クロードには悪いけれど、今のは練習よ。いつかアレッサンドロ叔父様をぎゃふんと言わせてみせるんだから」

「ちょっと待ってくれ、エリー。それには絶対に俺も協力させてくれ」

「いいわよ。でもそれまで絶対に秘密ね」

「もちろん」

エリーとクロードの会話を聞きながら、オパールはつい先日の自分とのやり取りにそっくりだなと思った。

やはりオパールとエリーはよく似ているらしい。

オパールが今度はクロードとエリーの作戦会議を見守っているうちに、汽車は駅へと到着した。

ここから港までは、馬車に乗り換えてすぐだ。

エリーは途端に意気消沈している。

「エリー、陛下をぎゃふんと言わせるまでは、陛下がつけてくれた護衛の言うことをしっかり聞いてね。自分の身は自分で守る。それは護衛の指示にきちんと従うことでもあるのよ」

「わかってるわ」

オパールは優しい言葉ではなく、あえて厳しい現実を口にした。

ここから先は、もう夢を見ることはできない。

それはエリーが自分で決めたことなのだ。

オパールは全力でエリーを応援するつもりだった。

そして別れの時が来ると、今度のエリーは涙を見せず笑顔で舷梯(げんてい)を上っていく。

「……またすぐに会えるのに、すごく寂しいわね。娘がいたらあんな感じなのかなって思うわ」

「娘？　そんなに年は離れてないだろ？」

「十分離れているわよ。まあ、娘っていうのは大げさかもだけど……」

「娘か……。きっと心配でたまらなくなるだろうな。オパールに似たら特に」

「へえ？」

しんみりとした空気は、オパールがクロードの足を踏んづけたことで笑いに変わった。

エリーもデッキから笑顔で手を振ってくれる。

オパールとクロードは大きく手を振り、出航まで見送った。

ルメオン公国公女殿下来訪は、こうして嵐のように去っていったのだった。

番外編　エリーの休日

クイン通りの裏町での騒動から数日後。

本来ならすぐにでもエリーは王宮へと帰るべきだったのだが、本人の希望もあってルーセル侯爵邸に未だ滞在していた。

「——ああ、ついに明日は王宮に戻らないといけないのね。その後は国に帰らないと……。リュドと離れたくないわ」

子ども部屋でオパールと一緒にリュドと遊んでいたエリーが嘆き、リュドを抱きしめる。

リュドと離れたくないというのも本音だろうが、本当のところは国へ帰りたくないのだろう。

——正確には、国へ帰ってこのまま即位するのが不安なのだ。

この数日、約束通りエリーとたくさんの話をしたオパールには、その気持ちが痛いほど伝わってきていた。

まだ何も学んでいない十九歳のエリーにとって即位後の生活は過酷でしかない。

「……またリュドとも遊びに行くわ。だけどその前に、今日は午後から二人で遊びに出かけましょうよ」

「二人で？　私とオパールでということ？」

「ええ、そうよ」

気分を変えようと、オパールはここ最近計画していたことを提案した。

すると、エリーは信じられないとばかりに目を丸くして問いかける。

「でも……大丈夫なの？」

エリーの心配は、騒動があったばかりだからというだけではなく、外の騒ぎについてもだろう。

あの事件で世間は今もまだ騒がしく、ルーセル侯爵邸周囲には記者や野次馬が集まっているのだ。

侯爵邸はぐるりと高い塀に囲まれ、広い庭を有しているので外の騒ぎは直接わからないが、エリーは使用人たちから話を聞いているらしい。

「大丈夫よ。何かと記者はよく集まってくるの。それをかわして出かけたことは何度もあるから」

「そうなの？」

「ええ。せっかくタイセイ王国に来たんだから、王都の賑わいを見学もせずに帰るなんてもったいないわ。本当はルーセル侯爵領にも招待したかったけれど、それはまた今度ね」

「わかったわ。約束ね」

「必ず」

オパールもエリーも『また今度』がどれほど難しいことかは理解している。

だが約束することで、エリーは大公位に就いてからも外遊に出られるよう国を安定させると誓っているのだ。

オパールはしっかり頷いて、にっこり笑った。

「では、出かける準備をしましょう。ここのみんなはお忍びの支度もお手のものだから、任せていれば大丈夫よ」

街で目立たない姿になるための支度は、ナージャをはじめとした侍女たちも慣れている。

さらに侯爵邸からこっそり抜け出す際には、馬丁たちが見事な働きをしてくれるのだ。

そしてその言葉の通り、オパールとエリーは街中でも浮かない姿で、誰にも見つからずに王都で一番賑わっている広場へと来ることができた。

エリーはわくわくした様子で目を輝かせている。

「どこか行ってみたい場所はある？　気になったものがあれば遠慮せずに言ってね」

「……何から何まで……選べないわ」

「では、まずはあそこね！」

周囲をぐるりと見回した後にエリーが再び視線を戻したのは、甘く煮詰めた果物を串に刺して売っている甘味屋台。

オパールはその視線を見逃さず、エリーの手を引いて屋台に向かった。

「オパール!?」

「手を離してはダメよ。迷子になるから」

戸惑うエリーに微笑んで注意して、オパールは人混みを器用にすり抜けていった。

エリーは初めてのことでかなりうろたえている。

「どれにする？」

「私が決めていいの？」

「もちろん。私は私で決めるから、一緒のものを食べる必要はないのよ？　そうね……私はリンゴにするわ」

「私、は……ええっと……」

「ゆっくりでいいわよ。決めてから声をかけましょう」

屋台から少しだけ離れた場所で立ち止まると、オパールはエリーに問いかけた。

エリーは喜び顔をほころばせる。

この数日で話を聞いたところ、今までエリーは「いらない」ということは言えても「欲しい」と言うことは許されなかったそうなのだ。

そのためか、欲しいものを全部という選択には至らないようで、エリーはどれにしようかとずいぶん悩んでいた。

たった一つの甘味を買うために悩む姿は『我が儘な公女』とはまったく違う。

（結局、エリーは周囲に求められるままに我が儘なふりをしていたのよね……）

それを見抜けなかった自分の至らなさが、オパールは残念だった。

ジュリアンには二人はよく似ていると言われたのに、ただ反発してしまったのだ。

きっと意地っぱりなところも似ているのだろう。

オパールも成長したつもりではあるが、どうしてもジュリアンには素直になれない。

それに比べてエリーは最初こそ反発したものの、今ではオパールを受け入れて信頼してくれている。

(開き直るよりも、直す努力をしないとね)

自分の悪いところはわかっているつもりだが、それだけでは意味がないのだ。

何事も時間が経てば経つほど修正は難しくなる。

そんなことをオパールがぼんやり考えていると、エリーが笑顔で振り向いた。

「私はアンズに決めたわ!」

「それも美味しそうね! じゃあ、買いましょう」

かなり悩んで決めたエリーと屋台の前に行き、オパールが先に注文する。

エリーはおそるおそるといった様子で、オパールを真似てアンズを頼んだ。

それから言われた金額を払うために小さなお財布から硬貨を出す。

「お嬢さん、ずいぶん悩んでたろ? オマケしとくよ!」

「え? え?」

「ありがとう、おじさん」

「え? あの……ありがとうございます?」

店主はエリーがずっと悩んでいたことに気づいていたらしく、アンズを串へ深めに刺して小さく切ったモモを足してくれた。

もちろんオパールの串にも。

エリーは戸惑っていたが、オパールが笑顔でお礼を言えば、それに倣う。

「また買いに来てくれな！」

「ええ。ありがとう」

「ありがとうございます！」

串を受け取って店主に挨拶し、屋台から離れる。

その頃にはもうエリーもすっかり笑顔になっており、店主へ手を振った。

「オマケって、何かの本で読んだことがあったけれど、本当にしてくれるのね」

嬉しそうにエリーは呟いたが、すぐに表情を曇らせる。

オパールがどうしたのかと思えば、エリーは振り返って申し訳なさそうに屋台を見た。

「他にお客さんはいないみたいだけれど、オマケなんてしてもらって大丈夫かしら……」

「それなら、少し目立つ場所で食べましょう？」

「目立っていいの⁉」

「今はね」

意外な言葉に驚くエリーに、オパールはウィンクしてみせた。

誰もオパールとエリーの正体には気づいていない。

まさかこんな場所に公爵夫人と公女殿下がいるとは思わないだろう。

危険がないようにと付けている多数の護衛は人波に紛れており、オパールも全員は把握していないほどだった。

「ここに座って食べましょう？」

「え、ええ……」

　広場の中心には大きな噴水があり、その近くに建つ石像の台座にエリーを誘ってオパールは座った。

　エリーはためらいながらも腰を下ろす。

「心配しなくても、ここでは誰も気にしないわ。むしろ、これが普通なのよ」

　周囲を窺(うかが)うエリーにオパールは笑いながら言い、串に刺さったモモを口に入れた。

　それを見て、エリーもオマケしてくれたモモを食べる。

　途端にぱっと顔を輝かせた。

「美味しい～！」

　しっかり味わった後で、エリーが感嘆の声を漏らした。

　それからすぐに次のアンズに齧(かじ)りついて、幸せそうな笑顔になる。

　その様子を微笑ましく見ているのはオパールだけではなかった。

　だが、エリーはそんな視線には気づかず、にこにこしながらオパールを見る。

「こんなに美味しいものは初めて食べたかも！　産地はどこかしら？」

「そうねえ……アンズは旬だからこの辺りかしら。でもリンゴはこの季節に食べられるのだから遠くから運ばれてきたんだと思うわ」

「そうなのね！」

　鉄道が登場してから、遠くの物資も短期間で届くようになった。

オパールが少しだけ大きな声で答えると、何人かが果物串の屋台へと向かう。

エリーはアンズを美味しそうに食べていたが、ふと顔を上げて、屋台に人が並んでいることに気づいた。

「やっぱり美味しいから、人気のお店なのね」

「美味しいのは否定しないけれど、あの人気は宣伝の力よ」

「宣伝？」

エリーはよくわからないらしく、首を傾げた。

最低限の教育しか受けていないエリーは、宣伝というものさえ知らないのかもしれないと、オパールは説明することにした。

「劇場などで、次の公演は何をするか告知しているでしょう？　観客はそれを見て、面白そうだと思ったらまた劇場に足を運ぶ。最近は新聞でも何らかの商品を紹介していたりもして、それを読んで興味を持った読者は商品を購入しようと思うわ。そういう売るための情報を何らかの方法で広めることが宣伝ね」

「要するに、広告ってこと？　どこかに掲載されていたの？」

「宣伝には広告だけでなく……噂などもあるわね。『どこどこの何々は安くて美味しい』とかね。わざと流す人もいるくらいよ」

「それは卑怯だわ」

「それが商売だもの。でもその方法はリスクもあるわ。嘘だと知られたり大げさだと思われたら、かえって印象が悪くなるから。悪い噂ほどよく広まるしね」

「確かに……」

エリーは納得したように頷いたが、すぐにはっとする。

「ひょっとして、私たちが――」

そこまで言って、エリーはいったん口を閉ざした。

それから小声で続ける。

「私たちが宣伝したってこと？　だから、目立つ場所に座ったの？」

「そういうことになるわね」

「それって……」

自分が先ほど口にした『卑怯』な手段を使ってしまったのではないかと、エリーは心配しているようだった。

オパールは笑って首を横に振る。

「先ほどのはエリーの素直な感想でしょう？　実際、これはとても美味しいもの。甘いのに少しだけ酸味があって……きっと砂糖以外にも隠し味として何か入れてあるのね」

「……味については、美味しいってことしかわからないわ」

「それでいいのよ。ちょっと批評家ぶってみたけれど、本当は私もよくわかっていないの」

そう言って、オパールは悪戯っぽく笑った。

「私たちはモモをオマケしてもらったし、お店の人はエリーが美味しいって感想を言ったことで宣伝になった。どちらも得をしたわね」

「でも、オパールがこんな目立つ場所で食べましょうって誘ってくれなかったら、宣伝にならなかったかも」

「私はエリーがお店のことを心配していたから、ここを選んだだけ。みんなはエリーがとても美味しそうに食べているのを見て興味を引かれたのよ。あのお店に今、行列までできているのはエリーのおかげね」

「そんなことは……だって、本当に美味しいもの」

「そうね。それが商売においては一番大切なことね。良い商品であること。でも、今はそれだけでは売れなくなってきているのよね……」

「どうして?」

ため息交じりのオパールの言葉に、エリーは眉をひそめる。

オパールはどう説明すべきか少し考えてから話し始めた。

「鉄道や大型船が開発されたことによって、大量の品を一度に短時間で輸送することが可能になったわ。そのおかげで、多く作りすぎたからといって消費先がなく廃棄されるなんてことが減ったの。大量生産品は仕入れ値を安くすることができるから、私たち消費者も安く買える。それはとてもありがたいけれど、生産者としては手放しで歓迎できるものでもないのよね。できれば安いほうがいい、品質はこだわらないって消費者も多いから、そうなると売るほうも安い品を仕入れるでしょう? 手間暇かけて作った品はどうしても高い値を付けなければ費用が見合わない。そうなると、大量生産の品とは価格競争でどうしても負けてしまうの」

「そんな……良いものなのに売れないなんて……。それなら、良いものですよって宣伝すればいいんだわ！」

「その宣伝がまた難しいのよね」

「でも、今回は成功したわ」

「……確かに、これはとても美味しかったものね」

オパールは串に刺さった果物を食べきると、エリーが持っていた串を受け取って立ち上がった。

「少し歩きましょう」

近くにあるくずカゴに串を捨てたオパールは、エリーに手を差し出した。

エリーは素直にその手を取る。

「気になるお店があれば遠慮せずに言ってね。お店以外にも、ここには興味深いものがたくさんあると思うわ」

「わかったわ」

エリーは大きく頷くと、オパールと歩調を合わせて歩く。

だが、あれこれ興味を示して立ち止まることはしても、エリーがそれらを買い求めることはなかった。

「エリー、本当に何もいらないの？」

「ええ……」

「それじゃあ、あのお店に入って休憩しましょうか」

一通り広場を回って楽しんだが、エリーは歩き疲れてもいるようだった。

そこで噴水広場にあるカフェで休むことにしたのだ。

この店のテラス席は時々風に乗って水しぶきが飛んでくるのだが、この季節ならそれも気持ちよかった。

「気になるなら場所を変える？」

「ううん、大丈夫よ。くすぐったいというか、慣れなくて……でも楽しいわ」

「それならよかった」

何度かエリーが噴水へと視線を向けるので、オパールは問いかけた。

すると、エリーは笑顔で首を横に振る。

しかし、その笑顔はどこか頼りなく見えた。

「疲れたのなら、帰りましょうか？」

「それも大丈夫。もしよければ、もう少しだけこの場所でみんなを眺めていたいわ」

「かまわないわよ」

エリーの言葉通り、二人はしばらくの間黙って広場を行き交う人々や立ち並ぶ屋台などを見つめていた。

やがてエリーがぽつりと呟く。

「みんな、働いているのね……」

「そうね」

「なのに、私は何もせずにここでただ座っているだけ」

「エリー、それは――」

「卑屈になっているわけじゃないの。これから頑張ろうって気持ちは変わらないわ。でも、本当に私にできるのか……大公の座に就いても今と同じようにただ、見ているだけしかできないんじゃないかって思ってしまうだけ」

オパールが否定しようとすると、エリーは急ぎ遮って続けた。

だが、その内容は不安を吐露している。

オパールはどう言うべきか迷い、わざとらしく嘆いた。

「今日はエリーに元気になってほしくて誘ったのに、失敗しちゃったわね」

「ち、違うの！　すごく楽しかったけど、ただちょっと……こんなふうにみんなが当たり前に生活しているのを見るのは初めてだったから……」

聞いたところによると、エリーは父親が亡くなってからは一度も大公宮から出たことがなかったらしい。

どうやら叔父であるエッカルトが、先代大公が疫病で亡くなったことを理由に、外は危険だと言い含めていたそうなのだ。

それが今になって急にタイセイ王国への訪問を許されたのは、アレッサンドロが手を回しただけが理由ではないだろう。

このたびの騒動こそがエッカルトの狙いだったのではないかと、オパールたちは考えていた。

今回は狙い通りにはいかなかったようだが、油断はできない。

オパールが周囲の護衛たちを確認していると、注文していた飲み物を給仕の男性が運んできてくれた。

「エリー、ここのモモの果実水は美味しいから飲んでみて」

「え、ええ」

給仕にお礼を言って、オパールはエリーにさっそく飲むよう勧めた。

エリーは素直にグラスに口をつけ、目を丸くした。

「美味しい！」

「でしょう？」

喜ぶエリーを見て、オパールが誇らしげに答える。

それから身を屈めてエリーに顔を近づけると、こっそり囁(ささや)いた。

「実はこの果実水の原料のモモはルーセル領産なの。しかもフレッド鉄道で運んできたのよ」

エリーは一瞬ぽかんとして、すぐに噴き出した。

可愛らしい笑い声に、皆が振り返る。

「オパール、それはずるいわ」

「宣伝として？」

「そうじゃなくて……。オパールが可愛いから」

「私が？　からかわないで、エリー」

「あら、本気よ。だって、すごく得意げな顔が子どもみたいだったわ」

「えぇー」

オパールは唇を尖らせてわざと不満をあらわにしたが、にやりと笑ってまたエリーに耳打ちする。

「実はね、最初に食べた果物の串。あのリンゴはボッツェリ領産なの。長期保存を可能にする開発が進んでいるのよ」

「……抜け目がないわね！」

エリーは呆気に取られたように押し黙り、次いで笑いながら嘆いた。

今度はオパールも笑い、皆の注目を浴びる。

お忍びのはずなのに目立ってしまっていることに、護衛たちが困惑しているのが見て取れて、オパールはどうにか笑いを収めた。

「エリー、どうしましょう。目立ってしまったわ」

「オパールが可愛いから悪いのよ」

「あら、エリーが可愛いからよ」

二人で文句にならない言葉で責任を押しつけ合う。

再び声を出して笑ったときには、もう周囲の人たちは気にしていなかった。

「みんな私たちのことには興味を失ったみたいね」

「いいことじゃない」

「そうね。そんなものなのよね。みんな刺激的な噂に飛びつくけれど、すぐに飽きてしまう。次の噂があればなおさらね。だけど、みんなが興味を失った後も、当事者の生活は続いていく。誰も責任は取ってくれない。たとえそれが嘘だったとしても、代償を払うのは当事者なのよ」

「オパール……」

オパールはまだ笑顔ではあったが、それが見せかけでしかないことがエリーにはわかった。

こうやってずっと、オパールは笑っているふりをしながら苦労してきたのだ。

「私たちは良くも悪くも目立つから、何かと注目されるわ。エリーもここではまだ陛下の庇護下にあるけれど、帰国すれば――即位すればすべてを監視されているんじゃないかって思うくらいになるはずよ。ただ座って見ているだけなんて無理だわ。逆に座っているだけで見られているの」

「怖いわ……」

この先に待ち受けているであろうことを話すと、当然のことながらエリーは怯えた。

わかっていても、やはり言葉にされると現実味を帯びてくるのだろう。

「そうね。でも玉座には一人きり……というわけでもないと思うの」

「……へ？」

だが、続いたオパールの言葉には間抜けな声を出した。

「この国の王様は玉座でふんぞり返って、ただ見ているだけに思えるけれど、エリーにはどう見える？」

「……ふんぞり返っているように見えるわ」

率直なオパールの言葉に驚きつつ、エリーも正直に答えた。

すると、オパールは意味ありげに首を傾げる。

さらなる答えを求められているのだと気づいて、エリーは続けた。

「もちろん、そう見えるだけよね？　確かに叔父様は傍若無人で傲岸不遜だけど、わざとそれを隠していないように思えるわ」

「エリーはそんなふうに思っていたのね」

「酷いわ。私だけ悪口を言ったみたいじゃない」

エリーが怒ってみせると、今度はオパールが噴き出した。

しかし、すぐに口を押さえて笑いを堪える。

「心配しなくても、私のほうがもっと悪いわ。私はあの方を、人使いが荒くて、我が儘で、横暴だと思っているもの」

「そうなの？」

「だけど、あの方は確固たる信念をお持ちになって、まっすぐに進まれている。時に誤った道を進もうとされるときもあるけれど、周囲の意見に耳を傾けてくださり、道を正される。だからこそ、腹が立つことも多いけれど、私たちは離れられないんだと思うわ」

クロードが文句を言いながらも命令に従うのも、オパールが無茶な依頼を引き受けてしまうのも、結局はそれが理想とする未来に繋がるからだ。

オパールはエリーに優しい眼差しを向けた。

「この国はこの十年でしっかり立て直したばかりか、大きく発展しているわよね。それは多くの人たちのたゆまぬ努力があってこそだけれど、それも陛下が玉座でどっしり構えていてくれたからじゃないかしら。自信なげに立ったり座ったりしていたら、見ているほうは落ち着かないし、安心できないでしょう？　だから、たとえ自信があるふりでも、玉座にどっしり座っていてくれるほうがいいのよ」

「自信があるふりさえできるか……」

「多少は大目に見てくれるわよ。あなたはまだ若いんだから。その若さに甘えず信念を貫き通せば、いつしか人は集まってくるわ。……って、まずはその信念が必要ね。エリーはあなたの国をどうしたい？」

「私は……」

オパールに問われて、エリーは戸惑ったように口ごもって目を逸らす。

しばらく沈黙が続き、オパールもエリーと同じように行き交う人たちを見つめた。

「……私にはまだ、信念と言えるものはないのかもしれない」

やがてぽつりと口を開いたエリーの言葉は頼りないものだった。

それでも、その声はしっかりしている。

「だけど、私の国の人たちがみんな、ここにいる人たちのように生き生きと暮らせるようにしたい。明日に怯えて過ごさなくていいように、未来が明るいものだと信じられるようにしたいの。ありがとう、オパール。今日はすごく楽しかった。たくさんの初めてばかりで怖くもあったけれど、目標ができたわ！」

「それなら、よかったわ」

意気込むエリーに、それが信念において一番大切なものだとは言わなかった。

今伝えてしまうと、逆に考えすぎて立ち止まってしまうかもしれないからだ。

「エリーのその素敵な目標に、きっとたくさんの人が共感して集まってくるわ。だから大丈夫。玉座には一人でも、周りを見れば支えてくれる人は必ずいるから」

「オパールも支えてくれる？」

「もちろんよ。国は違っても、必ず力になるわ」

「それなら百人力ね」

「あら、私はとてもか弱いのよ？」

「謙遜が過ぎるわ、オパール」

「本当よ」

オパールの励ましに、エリーは少しだけ自信を得たようだった。

今日は本当に息抜きのためのお忍び外出だったが、オパールの予想以上に、エリーにとって得るものは大きかったようだ。

まだ今回の騒動の根源は片付いておらず、それ以上に大きな問題が待ち受けている。

それでも最後は笑い合って、オパールとエリーは屋敷への帰路についたのだった。

番外編　ジュリアンの縁談

ルメオン公国から帰宅するオパールを迎えるため、クロードはリュドリックを連れて領地から王都に昨日戻ったばかりだった。

ただオパールを迎えに来ただけでも、クロードには王都で何かと用事が入るので、今日はリュドリックを屋敷に置いて出かけていたのだ。

「ただいま、ジョーゼフ。変わりはなかったかな？」

「お帰りなさいませ、旦那様」

ルーセル侯爵邸に帰宅したクロードを出迎えてくれた執事のジョーゼフは、不機嫌を隠さず報告した。

「特にはございません。いつものごとく、ホロウェイ子爵がいらっしゃっているくらいです」

「ジュリアンが？」

先代から仕えているジョーゼフはクロードに対して遠慮がない。

ところが、オパールやリュドリックへは恭しく接するのだから、厳しいのはクロードに対してだけだった。――いや、ジュリアンへの態度にしても客人に対するものではないだろう。

「ジュリアンは書斎か？」

「さようでございます」

「わかった。じゃあ、お茶を頼むよ」

「とても濃いものにさせていただきます」

「ああ。ありがとう」

本来ならすぐにでも客人に対応するべきなのだろうが、クロードはかまわず自室に戻って着替え、リュドの顔を見に子ども部屋へ向かった。

リュドはちょうどお風呂(ふろ)から上がったところだったらしい。

タオルに包まれたままおむつをつけてもらっているところだった。

「お帰りなさいませ、旦那様」

「ああ、今日もありがとう、アーシャ。リュドはいい子にしていたかな？」

「はい。本当に素晴らしいお子様でいらっしゃいます」

アーシャはにこにこしながら手際よくリュドに服を着せて一歩後退した。

クロードがリュドを抱き上げる邪魔をしないためだ。

アーシャは今まで何人かの乳母を務めてきたが、これほど子どもに愛情を注いでいる上流階級の夫婦を見たことがなかった。

もちろんリュドは歩き始めてから片時も目が離せず、時に熱を出したりもするが、ボッツェリ公爵夫妻はアーシャに全面的な信頼を寄せてくれているので、仕事としてもかなりやりやすいのだ。

その分、アーシャもリュドに愛情を注げる。

クロードはリュドにおやすみの挨拶をすると、わずかな時間を惜しみながらアーシャへと託した。

それから書斎へと足を向ける。

ノックもせずに扉を開ければ、まるで主のようにソファでくつろぐジュリアンの姿があった。

「遅かったな」

「リュドの顔を見てきたからな」

「ああ、リュドが理由なら仕方ない。俺のリュドは可愛いからな。さっき夕食前に少しだけ遊んだよ」

「お前のじゃない。だがまあ、伯父さんに遊んでもらうのは歓迎するよ」

偉そうなジュリアンにため息交じりに答え、クロードは向かいのソファに座った。

ジュリアンはソファの肘掛けに足を投げ出し、半ば寝転がっている。

しかも、その手には琥珀色の液体が入ったグラスが握られていた。

「おい、それは祖父が大切にしていた年代物のやつじゃないか」

「たかが酒だろ？　酒は飲まなきゃ何の価値もない」

ジュリアンは簡単に言うが、おそらく市場に出せば純血種の馬一頭買えるくらいの値がつく酒だった。

ジョーゼフの機嫌が悪い理由がわかり、クロードはため息を吐いた。

「ジュリアン、お前のせいで俺は不機嫌なジョーゼフに迎えられたんだがな」

「心配するな。俺も我が家ではお小言ばかり聞かされるぞ」

クロードが愚痴れば、ジュリアンが慰めにもならない言葉を返す。

「それは自業自得だろ。マルシアはお前を心配してるんだ。トレヴァーもな」

「本当ならお前もマルシアのお小言を聞くべきなのに、猫をかぶりやがって」

「あれが本来の俺だよ。それなのにこの国では誤解されているだけなんだ」

ジュリアンはホロウェイ伯爵領にめったに帰らないせいか、たまに顔を見せるとマルシアたちのお説教が始まるのだ。

そのお説教には、クロードも加わりたいくらいだった。

ジュリアンはよくトラブルを起こし、クロードはたいていそれに巻き込まれていたからだ。

それはこのタイセイ王国に渡ってからも続き、ジョーゼフは未だにクロードとジュリアンを問題児のように扱う。

「――差し出がましいようですが、ご友人は選ばれるべきです、旦那様」

「残念だったな、ジョーゼフ。俺はお前のお気に入りの奥様の兄なんだ」

「誠に残念ですね」

形式的なノックをしただけで入ってきたジョーゼフは、約束のお茶を二人に注ぐ。

ジョーゼフはいつも憎まれ口を叩く（たた）のだが、本当はクロードのことを主と認めているのだ。

素直でないのは、クロードの祖父である先代のルーセル伯爵とよく似ている。

「……頑固じじいだな」

「じじいですが、耳はまだよく聞こえておりますよ。それでは、失礼いたします」

扉に向かうジョーゼフの背にジュリアンがぼそっと呟けば、しっかりした声の返答があった。

そのままジョーゼフは恭しく頭を下げ、書斎から出ていく。

クロードはお茶を一口飲んで、にやりと笑った。

ジョーゼフが言っていた通りにお茶は濃いが渋くはない。

絶妙な淹れ方はさすがである。

「それで、何だってこんな時間から酒を飲んでいるんだ？　しかも俺の屋敷で」

「アレッサンドロにまた呼びつけられたんだよ」

「だがいつも文句を言いながらも応じているよな」

「たまに面白い話もあるからな」

「で、今回は面白くなかったわけだ」

「王女との縁談が面白いと思うか？」

「それは……笑えないな」

クロードはジュリアンの突然の訪問の理由を聞いて、かすかに顔をしかめてお茶を飲み干した。

それからグラスを棚から取り出し、ジュリアンの開けた酒を注ぐ。

「これで共犯だな？」

「犯罪でも何でもないだろ？　酒は飲まなきゃ価値がないんだから」

「やっぱりお前の評判はお前自身のせいだろ？」

「そうかもな」

クロードはしれっと答えて酒を呷（あお）った。

これくらいでは酔わないが、さすがに喉（のど）にくる。

「おいおい、これはそういう飲み方をするものじゃないだろ？」

「飲まなきゃやってられないだろう王女殿下の代わりだよ。こんなやつとの縁談が持ち上がるなんて気の毒すぎる」

「なら、お前が結婚すればよかっただろ？」

「無理だろ？」

「まあな」

クラリッサ王女はとても魅力的な女性なのだが、クロードやジュリアンと結婚したとして、幸せになれるとはとても思えない。

クロードはオパール以外の女性に関心がなさすぎ、ジュリアンはそもそも結婚には向いていない。

王侯貴族たちが結婚に恋愛を求めるものではないとわかってはいても、せめて不幸になるだけの結婚は避けるべきなのだ。

しかも王女には想いを寄せている相手がいる。

それはごく一部の者しか知らないが、アレッサンドロが知らないわけがなかった。

「相変わらず非情だよな」

「国政が絡むとな。だからこそ、良くも悪くも離れられないんだよ」

「そういや、オパールと結婚する前は愉快な噂もあったよな」

「やめろ、馬鹿」

オパールとの結婚前、クロードが女性を一切寄せつけず、アレッサンドロと過ごす時間が多すぎたことから、一部で面白半分に流れた噂があった。

それも自分を重用してもらえない者たちの嫉妬（しっと）からだったのだが、アレッサンドロは面白がって必要もないのに頻繁にクロードを呼びつけたりしていたのだ。

当時のクロードとしてはどうでもよかったので気にしていなかった。

しかし、今となっては勘弁してほしい話題である。

「そもそも、ジュリアンだって陛下のことは気に入っているんだろ？　じゃなきゃ、いつまでもこの国でうろうろしていないもんな」

「暇つぶし程度にはなるからな。馬鹿な妹と一緒で」

「ジュリアン、口を慎めよ。お前の妹は俺の愛する妻だぞ」

「じゃあ、言い方を変える。お前の愛する妻は馬鹿だ。また厄介事に首を突っ込む気だぞ」

「優しいんだよ」

ジュリアンが話題を逸らすためにわざとオパールを悪く言ったのはわかっていた。

だからこそ注意程度にとどめたが、誰か別の人間がオパールを悪く言っていたなら決闘ものだったろう。

それにジュリアンは憎まれ口を叩きながらもオパールを心配しているのだ。

ジュリアンは微笑むクロードを鼻で笑い、グラスに口をつけた。

「公女殿下は詐欺師に引っかかってる。お優しいオパールはそれに首を突っ込む気だぞ。ま、あいつのことだから、軽薄な公爵夫人でも演じるんだろ。浮気者の妻がいて気の毒だな」

「それは手紙に書いてあったよ。またオパールは損な役回りをするつもりらしい。お人好しだよな」

「似た者夫婦だけどな。ああ、似てるといえば、オパールと公女殿下もよく似てるよ」

「それは手を焼きそうだな」

ジュリアンが似ていると言うほどなのだから、公女殿下はかなりの跳ねっ返りで意地っぱり、頑固なのだろう。

子どもの頃のオパールを思い出して懐かしんでいたクロードは、ジュリアンの声で我に返った。

「オパールを思い出してニマニマするのは俺のいないところでしろ」

「オパールの話をしているのに思い出すなというほうが無理だろ」

「ニマニマするな、と言ってるんだよ」

不機嫌に言い捨てため息を吐くジュリアンにはかまわず、クロードが問いかける。

「それで、わざわざ俺を訪ねてきたのは、詐欺師の情報を得たからか？」

「お前を訪ねたんじゃなく、リュドに会いにきたんだ。詐欺師については大した情報はない。顔がよく品があるからか、ご婦人たちに取り入って上手く騙（だま）している投資家崩れで、普段は様々な国の高級リゾート地を猟場にしているらしい」

「……船員に知り合いでもいるのか？　乗客名簿を確認せず逃げ場のない船上を猟場にするなんて無謀だろう。過去に騙した相手が乗船しているかもしれないのに。しかもわざわざ公女殿下を――

いくら一等客とはいえ、後見人がいるだろう若い娘を狙うなんて、リスクに見合わない」

「詐欺師について、よくご存じで」

「茶化すなよ。その詐欺師が誰かに頼まれて動いているなら、オパールは邪魔でしかない」

クロードは忌々しげに呟き、舌打ちした。

豪華客船に最近出没する詐欺師だろうとオパールは手紙に書いていたが、もし誰かに依頼されて動いているのなら話は違ってくる。

苛立つクロードを見て、ジュリアンは肩をすくめた。

「それくらいはオパールだって想定してるだろ？　そのために護衛もしっかりつけてる。それに船上では何も起こらないさ」

「タイセイ王国の土を公女殿下が踏まれるまではな」

きっとオパールのことだから、公女殿下のお目付け役は引き受けるだろうと、クロードもわかっていた。

オパールにつけた護衛以外にも、アレッサンドロが凄腕の護衛たちを公女殿下につけていることも知っている。

大きく深呼吸をして冷静さを取り戻したクロードは、これからオパールが取るだろう行動を考えた。

オパールの身の安全を第一に、それでもできるだけ彼女が自由に動けるように自分は何をするべきか。

「ジュリアンはこれからどうするつもりなんだ？」

「俺はクイン通りで遊んでくるよ」

「ヴィンセント王子か？」

「甘ったれた坊ちゃんは、頑固な父親と勝手に親子ゲンカでもしてればいいだろ。別件だよ」

「裏町か……」

クイン通りと聞いて、最近素行の悪いヴィンセント王子のことをアレッサンドロに頼まれたのかと思ったが、違ったらしい。

今回の詐欺師とその後ろにいる者たちに関して、裏町と繋（つな）がりがあるとの情報をジュリアンは得たのだろう。

ということは、その件についてアレッサンドロもすでに知っているのだ。

表のクイン通りがあるために、犯罪の温床である裏町には今までなかなか手をつけられなかったが、これがいい機会になる。

「やっぱり陛下は非情な方だよ」

「姪（めい）を囮（おとり）に公国に口を出す機会を得るどころか、裏町まで叩けるんだから幸運だよな。いつか痛い目に遭うんじゃないか？」

「そのときは世界が揺らぐぞ」

「だからお前は傍にいるんだろ？」

今度はジュリアンがニマニマ笑って言う。

本気で面白がっているところがたちが悪い。

「オパールにどこまで話すべきかな……」

「別に話さなくても、勝手に気づくだろ」

「そうだな」

クロードは酔いたい気分だったがそうもいかず、冷めてしまったポットから二杯目のお茶を注いで飲んだのだった。

＊　＊　＊

クロードはジュリアンとのやり取りを思い出し、大きくため息を吐いた。

裏町とそれに関連する事件は未だに世間を騒がせている。

オパールには自由に動いてほしいとは思っていたが、まさか自ら誘拐されて裏町へと赴き、マダムと協力して裏町の悪事を暴くきっかけを作るとは想像以上だった。

しかも連続殺人事件まで解決に導いたのだ。

それらの後片付けに忙しい日々を送っているクロードだったが、この日は早めに帰宅の途についた。

「――お帰りなさいませ、旦那様」

「ただいま、ジョーゼフ。オパールとエリーはまだかな？」

「はい。まだお戻りではございませんが、奥様たちに特に問題はないようでございます」

「そうか」

オパールとエリーは街の広場へと遊びに出かけており、特に問題は起こっていないと、護衛からの定期連絡でクロードも報告を受けている。

それなのに、ジョーゼフの機嫌は悪い。

「それで、ジュリアンがまた来ているのか？」

「さようでございます。本日はワインをお召し上がりになっています」

「では、また濃いお茶を頼むよ」

クロードは苦笑しながらジョーゼフに頼み、ジュリアンを放って二階に向かった。

すぐに着替えて、お昼寝中のリュドの顔をそっと覗き見る。

起きる気配はまだなさそうで、クロードは書斎へと静かに階段を下りていった。

「――それは祖父秘蔵のワインだったんだがな」

「埃をかぶってたから、飲んでやってんだよ」

ジュリアンはワインセラーにまで入ったらしい。

どんどん遠慮がなくなっているが、特に怒る気もなかった。

オパールもクロードも嗜む程度にしかお酒は飲まず、収集癖もないので、ジュリアンの好きにしてかまわないのだ。

それでも形だけは文句を言う。

「セラーの中から、一番いいものを選ばなくてもいいだろ？」

「一番古そうだったからな。熟成するのはいいが、劣化するだけなら片付けたほうがいい」

そう言って、ジュリアンはすでに用意していた新しいグラスにワインを注ぐ。

クロードはグラスを持ち上げ、わずかに灯りにかざしてから飲んだ。

「重いな」

「ああ。そういや、お前は甘いほうが好きだったな。性格と同じで」

「性格は関係ないだろ？」

ワインの味の好みから、なぜか性格を揶揄されて、クロードが不満げに言う。

しかし、ジュリアンはかまわず続ける。

「オパールもお前も真面目すぎるからな。もっと気楽に生きないと苦労するだけだろ？」

「心配してくれているのか？」

「いい加減、呆れているだけだ」

素直じゃないジュリアンは、何かの報告の前には必ずオパールやクロードを心配しながらも憎まれ口を叩く。

内容を察して、クロードは顔をしかめた。

「やはり、オパールが気にしていた母娘(おやこ)は、ウィタル男爵夫人の工場で働かされていたか」

「ああ。実際に顔も確認したから間違いない。しかも、あそこでは子どもまで働かされていた」

オパールが心配していたケイトとメイリの母娘について、祭司からの手紙が届いた時点でクロードはウィタル男爵夫人の工場を疑っていた。

工場については怪しい話をちらほらと耳にするようになっていたため、ここひと月の間にソシーユ王国からケイトという名の女性が雇われていないかの調査を依頼したのだ。

結果、ケイトとメイリという名の母娘がいると報告を受け、ジュリアンに相談したのだった。

「子どもまで？　……オパールが傷つくな」

「あいつは詰めが甘いんだよ。とにかく、明日もう一度俺が行って二人を連れてくるから、お前は黙ってバカオパールを慰めておけよ」

ただでさえ、オパールはケイトたちの苦境に対し何もできなかったことを悔やむだろう。

しかも母娘の所在に関してクロードに心当たりがありながら、オパールに伝えていなかったと知れば、さらに傷つくことはわかっていた。

そのため、ジュリアンは余計なことは言うなと――クロードがすでに目星をつけていたことは黙っておけと言っているのだ。

「……ありがとう、ジュリアン」

クロードとしては、まだ疑惑の時点で忙中のオパールに心配をかけたくなかった。

そんなクロードの気持ちも、ジュリアンにはお見通しなのだ。

その心遣いにクロードが感謝の言葉を口にすれば、照れ隠しなのかジュリアンは何も答えずグラスを傾ける。

そこにジョーゼフがお茶を持って入ってきた。

ジョーゼフはほとんど空になったワインボトルをちらりと見てお茶を注ぐ。

何か嫌味の一つでも言うのかと思えば、意外なことを口にした。

「ホロウェイ子爵、僭越ながら私からもお礼を申し上げます」

お茶の入ったカップをジュリアンの前に置き、ジョーゼフが頭を下げる。

クロードも驚いたが、ジュリアンもいきなりのお礼の言葉に、理由が見当もつかないといった様子で問いかけた。

「お礼？　何の？」

「奥様のお気持ちを気遣ってくださることが、心より嬉しいのでございます」

「クロード、何これ？」

ジョーゼフの返答に、意味がわからないとばかりにジュリアンはクロードを見た。

「ジョーゼフはオパールのことが大好きなんだよ。それには俺も完全同意だからな」

クロードが苦笑しながら説明すると、ジュリアンは鼻にしわを寄せる。

「二人の趣味の悪さは置いておいて、盗み聞きしたってことだよな？」

「盗んではおりません。たまたま聞こえたのでございます。よく聞こえる耳ですので」

「都合のいい耳だろ？」

「はて、何のことでしょう？」

つい先日はオパールの前で「耳が遠くなった」と笑っていたのに、とクロードが突っ込めば、ジョーゼフはしらを切る。

それから、わざとらしく右手をぽんと左手に打ちつけた。

「そうでした、そうでした。先ほど知らせがありまして、奥様とエリー様は間もなくお戻りになるとのことです」

「それを早く言ってくれ！」

ジュリアンはジョーゼフの淹れたお茶を一気に飲み干し、立ち上がった。

「オパールに会っていかないのか？」

「面倒だからな。今会えば、裏町のことでぐちぐち言うに決まってるだろ」

「それは俺も言いたいけどな」

「そのまま我慢してろよ」

ホロウェイ子爵として顔が知られてきた今、裏町に潜入するなど危険でしかない。

心配しているのはオパールだけでなく、クロードもだったが、ジュリアンのことをよく理解しているがゆえに口出しできなかったのだ。

「じゃあ、またな」

「ジュリアン！」

立ち上がってからのジュリアンの行動は早く、クロードもジョーゼフも見送る暇がなかった。

勝手知ったる様子でさっさと裏口から出ていく。

「気をつけろよ！」

今回の騒動はかなり収まってきたとはいえ、まだ本当の黒幕まではたどり着いていない。

走り去る背にクロードが声をかけると、ジュリアンは片手を上げて応えただけで振り向かなかった。

「相変わらず、自由な方ですね」

すでに遠くなったジュリアンを見つめながら、ジョーゼフがぽつりと呟いた。

「そうだな」

「旦那様はよろしいのですか？」

クロードが微笑みながら頷くと、意味深に質問してくる。

昔の——オパールと再会する前のクロードを知っているからだ。

だが、クロードはにやりと笑う。

「俺は最高の幸せを手に入れているからな」

「さようでございますね」

何が自由かは人それぞれであり、自由だから幸せだとも限らない。

ジュリアンは自由気ままに生きているようで、色々なものを背負いすぎている。

やはり兄妹はよく似ているのだ。

クロードがジョーゼフに先立って屋敷の中へと踵を返したとき、表側で馬車の音がした。

どうやらオパールたちが帰ってきたらしい。

クロードは嬉しそうに正面玄関へ足早に向かう。

その姿を後ろから優しく見つめていたジョーゼフだったが、その貴重な微笑みをクロードが見ることはなかったのだった。

あとがき

皆様、こんにちは。そして、お久しぶりです。もりです。

このたびは『屋根裏部屋の公爵夫人４』をお手に取ってくださり、ありがとうございます。

こうして四巻を刊行できるのも、応援してくださった皆様のおかげです。本当にありがとうございます！

三巻で完結したと思われた方も多いかと思います。はい。私もそうでした。

すっかり完結のつもりで書いておりましたので、四巻のお話をいただいたときにはびっくりでした。

担当様からお話を伺ったときには、「え？」からの「本当に？」の後に「どうしましょう？」だったと思います。

しばらく担当様と「どうします？」「どうしましょう？」というような会話が続いたような気がします。

それでも、応援してくださった皆様のおかげでいただけたお話。やるしかない！　オパールなら迷わずやるはず！　と気合いを入れて、完全書き下ろしとして刊行することになりました。ありがとうございます！

というわけで、四巻は三巻の最後よりお話が少し戻り、ヒューバートとロアナの結婚式後から始まります。

いつものごとく、また屋根裏部屋で過ごしていたオパールの許に、クロードがアレッサンドロからの呼び出しを伝えにきて……となるわけです。

オパールとしては、まだ一歳になったばかりの大切な息子リュドリックとは離れがたく、母親としての葛藤もあります。

だけど困っている人を見過ごせないのがオパール。

今巻では新しい人物や国が登場し、今までとはまた違った事件が起こります。

要するに、新章開始と言ってもいいのではないでしょうか？　いいですよね？

なぜなら、なんと！　ありがたいことに五巻の刊行も決定いたしました！　ありがとうございます！

というわけで、新しい国でのオパールの活躍も近いうちにお届けできる予定です。

そして新章といえば、林マキ先生のコミカライズ版『屋根裏部屋の公爵夫人』でも、第二章連載が始まりました！

無事にクロードと結ばれたオパールの前に立ちはだかる問題！　ですが、アレッサンドロをはじめとした新たな登場人物たちがあまりに魅力的で素敵なので無問題！　オリジナルエピソードも満載でとってもとっても面白いのです！　いち早く読める私は役得です。林先生、ありがとうございます。これからも楽しみにしています。

さらに！　今巻からはイラストを甘塩(あまじお)コメコ先生が担当してくださることになりました！

ちょっと気の強いオパールと優しいクロード、生意気なエリーと、登場人物を新しくもイメージピッタリに描いてくださり幸せいっぱいです。

甘塩コメコ先生、本当にありがとうございます。

また、お忙しいにもかかわらず、いつも丁寧なアドバイスや励ましをくださる担当様には感謝の気持ちでいっぱいです。

そしてこの本の出版に携わってくださった全ての皆様にお礼を申し上げます。

何より、この本をご購入くださった皆様、本当にありがとうございました。

カドカワBOOKS

屋根裏部屋の公爵夫人　4

2023年10月10日　初版発行

著者／もり

発行者／山下直久

発行／株式会社KADOKAWA

〒102-8177
東京都千代田区富士見2-13-3
電話／0570-002-301（ナビダイヤル）

編集／カドカワBOOKS編集部

印刷所／大日本印刷

製本所／大日本印刷

ISBN 978-4-04-075151-1 C0093

新文芸宣言

かつて「知」と「美」は特権階級の所有物でした。

15世紀、グーテンベルクが発明した活版印刷技術は、特権階級から「知」と「美」を解放し、ルネサンスや宗教改革を導きました。市民革命や産業革命も、大衆に「知」と「美」が広まらなければ起こりえませんでした。人間は、本を読むことにより、自由と平等を獲得していったのです。

21世紀、インターネット技術により、第二の「知」と「美」の解放が起こりました。一部の選ばれた才能を持つ者だけが文章や絵、映像を発表できる時代は終わり、誰もがネット上で自己表現を出来る時代がやってきました。

UGC（ユーザージェネレイテッドコンテンツ）の波は、今世界を席巻しています。UGCから生まれた小説は、一般大衆からの批評を取り込みながら内容を充実させて行きます。受け手と送り手の情報の交換によって、UGCは量的な評価を獲得し、爆発的にその数を増やしているのです。

こうしたUGCから生まれた小説群を、私たちは「新文芸」と名付けました。

新文芸は、インターネットによる新しい「知」と「美」の形です。

2015年10月10日
井上伸一郎

――彼女は本当に【無才無能】か？

最強悪女の痛快コメディ開幕!!

あるときは
有無を言わせぬ力で
他を圧倒する天才魔法師。

またあるときは、
妄想を具現化して
人々を魅了する
売れっ子恋愛小説家!?

性悪、魔法の才能無し、無責任、無教養と悪評高い公爵令嬢ラビアンジェ。【無才無能】扱いだけど、実は――前々世が稀代の悪女と名高い天才魔法師!?　前世が86歳で大往生した日本人!?

過酷に生きた前々世の反動か、人生三周目は魔法の才能を隠し、喜んで【無才無能】を利用して我が道を行く。しかし順調な学園生活は、野外訓練で崩れちゃう!?

中身はお婆ちゃんな最強魔法師の無自覚大暴走で、嫌われ令嬢から一変、愛され令嬢に!?

カドカワBOOKS

稀代の悪女、
三度目の人生で
【無才無能】を
楽しむ
嵐華子
illustration
八美☆わん

魔王(ラスボス)よりも強いけど、
平穏に暮らしたいんです。
B's-LOG COMIC&
異世界コミックにて
コミカライズ
連載中!!!!
漫画：のこみ
カドカワBOOKS